書下ろし

# トラップ・ハンター

## 憑依《ひょうい》作家 雨宮縁《あまみやえにし》

内藤 了

JN077907

祥伝社文庫

Contents

## 主な登場人物

・雨宮《あまみや》　縁《えにし》……黄金社《おうごんしゃ》でデビューしたミステリー作家。作中の主人公を憑依《ひょうい》させて書く。

・庵堂貴一《あんどうきいち》……縁の秘書。

・真壁顕里《まかべあきさと》……黄金社ノンフィクション部門に籍を置く名物編集者。特例で縁を担当している。

・蒲田宏和《かまたひろかず》……黄金社から独立したフリーランスのデザイナー兼カメラマン。

・竹田《たけだ》刑事……警視庁捜査一課所属だが基本的にはローンウルフ。

・月岡玲奈《つきおかれいな》……帝王《ていおう》アカデミーグループの総帥《そうすい》。

・吉井加代子《よしいかよこ》……玲奈の実母。帝王グループの病院の隔離病棟に収監されている。

・心療内科医片桐《かたぎり》　寛《ひろし》とその家族……月岡玲奈の養子縁組先。玲奈のストーカーに惨殺された。

# プロローグ

吹き抜け部分の天井高が長い廊下に異様な威圧感を与えている。それはまるで中世の修道院が、訪れる者に神への畏怖《いふ》と忠誠を刷《す》り込もうとするように、『この場所は日常とかけ離れているのだ』と威圧してくる。

この場所へ立ち入る者は日常を捨てよ。希望も捨てよ。

それを持ったままで立ち入る者は、己《おのれ》の混沌《こんとん》に呑《の》み込まれるはずだから。

細長い廊下は庭に面して窓がある。窓は上下二列に並んでいて、上の窓があるのはおおよそ二階程度の高さの位置だ。下の窓からは庭が見えるが、森に囲まれて薄暗い。空間には色がなく、静謐《せいひつ》な悪臭に満ちている。上の窓から初夏の陽射《ひざ》しが斜《なな》めに差して、無機質な内壁に規則正しい模様を描く。その壁が剝《は》がれたペンキでささくれ立っていても、壁に描かれる鉄格子の影は美しい。すべての窓にはめ込まれている鉄格子は、優雅な曲線であるからだ。

ここには外界のような日常がない。冷え冷えとして薄暗く、移ろいゆく外光さえも、あんな高い位置にしか差し込んできてくれないのだから。

「きぃーい！」

と、どこかで誰かが叫んだ。その声は細く長く響いてから、寝言のように霞《かす》んでは消えて、様々な臭いの入り交じった空気が、何事もなかったかのように空間を埋《う》めていく。

パタパタパタ、パタパタパタパタと足音を響かせて病衣《びょうい》の老婆《ろうば》が廊下を横切り、壁に行く手を塞《ふさ》がれると額《ひたい》をこすりつけて動きを止める。

クスクレー……シークレー……クスクレー……シークレー……老婆は壁に呟《つぶや》き続け、その声がヒビ割れから這《は》い出す蟻《あり》さながらに長い廊下を侵蝕《しんしょく》していく。

「あれはどういう意味だろう」

一定の歩調で歩いてきた男性が、老婆の脇を通るときだけ歩調をゆるめて首を傾《かし》げた。

廊下はまだ終わらない。最奥まで行かないとこの棟《とう》を出ることができないし、この棟を出てからでないと目的の場所へは行き着けない設計なのだ。

「『大小便を喰《く》らえ』という……クシャミをしたときのお呪《まじな》い。彼女は自分の魂《たましい》がクシャミと一緒に飛び出してしまったと信じているから、日がな一日、壁に向かって同じ言葉を唱《とな》えているのよ」

男性を案内する白衣の美女が答えると、彼は、「ふむ」と鼻を鳴らした。老婆から目を逸《そ》らし、高さが十数メートルはあろうかという天井を仰ぎ見る。

「それにしても立派な建物ですね」

「もともと隔離型の病院だったの……無気味で大きすぎて行政が持て余していたのを、うちが買い取って利用しているんです。ここは環境がよくて街とも離れているし、精神科病棟には打って付けでしょ？　この棟はまだ新しいけれど、奥にあるのは戦前の建物で、でも、あまり手を入れずに使っているのよ。あなたならわかるわよね？　経営には狡猾《こうかつ》さも必要だから」

「さしずめこちらがプロモーション用、奥が本丸ということですかねえ」

「本丸？」

と、美女は妖艶《ようえん》に微笑《ほほえ》んだ。

「何を『本丸』と言うのかわからないわ……でも」

男より半歩前に出てから、振り返る。

「……あなたが興味を持つのは『奥』だわよね？　勘《かん》もいいのね、思ったとおり」

女の名前は月岡玲奈《つきおかれいな》。この病院のオーナーだ。以前は肩の辺《あた》りまであった髪を切り、ストレートのボブに整《ととの》えている。高価なワンピースの上から白衣を羽織《はお》れば、クールビューティーな顔立ちと相まって、経営者というより病理学者のようにも見える。カツ、コツ、カツ、と彼女の靴音《くつおと》が廊下に響く。院内スタッフや患者は全員がサンダルを履《は》く決まりだし、外来者も受付で靴を脱がされてサンダルを履くので、靴音を鳴らせるのは経営者の彼女だけだ。

「ここには何棟か施設があるけど、著名人の専用病棟だけは新規に建築したものよ。外観はほかの棟に似《に》せているけど内部はすべて個室なの。ハリウッドの邸宅ばりの内装で、ジム、プール、ゲーム室に温泉、ダンスホールからバーラウンジまで完備している。セキュリティは万全だし、関係者以外は入館できない。マスコミはもちろん、外界のノイズは一《いっ》切《さい》入ってこないから、人生の終末にうちを選ぶ有名人は多いのよ」

「ああ……それはいい。金も名誉も色事も、あの世までは持って行けませんから。ここで使い果たしてもらうというわけですね」

「経営努力もしているの。彼らのための『女の子たち』は専属契約。教養、知識、もちろん美貌も申し分なしで、守秘義務を守ることが条件よ。患者が希望すればここへ呼べるし、外部にバレることはない。まさに楽園。患者と病院、メリットを分け合うのは悪いことじゃないし、治療にかかる出費には相続のいざこざが入り込む余地がない……みなさん残さず使って逝《い》くわ」

「なるほど、それもこれも患者のために……ということですね。よいところに目をつけられました」

「それも医療というだけのこと」

月岡玲奈はすまして答える。肉感的な彼女の身体《からだ》は白衣に包まれるとよりセクシーだ。

本人もそれを熟知しているらしく、立ち止まって振り返るときは腰の細さが際立《きわだ》つように身体をひねる。そして、『この病院では、患者を興奮させないために、スタッフが着用するユニフォームさえ病衣に似たデザインを選んでいるの』と説明を続ける。スタッフはピンクでスタッフは青。どちらも薄い色で、担当医すらユニフォームを着用して白衣は着ないと、自慢げに微笑んでいる。

そうであるなら、医者でもない彼女が白衣を着るのは自分を誇示するためだろう。玲奈の白衣はよく目立ち、飛行機のように両腕を広げて通路を走ったり、壁に身体をこすりつけながら回転したり、膝《ひざ》を抱えて座り込んだりしている患者が、靴音と白衣に怯《おび》えて動きを止める。病人よりも、美しく聡明《そうめい》でやり手と評判の月岡玲奈を観察しながら男は思う。

この女は自分のほうが秀《ひい》でていると思い上がっているのだろう。医師でもないのに白衣なんか着たがる理由は、医師という職業に憧《あこが》れとコンプレックスがあるからだ。おまえは知らずに自分の恥部をさらけ出しているんだよ。哀《あわ》れだな、メス豚、クソ女……心の中でありとあらゆる侮蔑《ぶべつ》の言葉を探し続ける。

「例の患者もこの病棟に？」

男が訊《き》くと、玲奈はわずかに首をすくめた。

「いいえ、もちろん」

それから恩着せがましく声をひそめた。

「彼女がいるのは『奥』よ。わかるでしょ？　普通の棟とは離れているし、管理も別なの。さっき話した戦前の建物を特殊隔離病棟として使っているの。今日は私が一緒だから特別に通すけど、普通ならば面会時間も十五分、しかも必ず守衛が同行するのよ。か、な、ら、ず、ね」

「それは危険だからですか？――」

当然よ。と玲奈は答えた。

「――でも、凶暴性のある患者は個室に閉じ込めてあるのでは？」

「そうしてあるわ」

頷《うなず》いてから玲奈は男を見上げた。

ふっと視線を逸らして天井を見上げる。カツ、コツ、カツ……目を逸《そ》らさずに二、三歩歩き、して、天井には外光も窓枠の影もなく、白々として無機質な壁があるだけだ。

どんつきで廊下を曲がったため光線の角度が変化

「……想像するのは難しいかもしれないけれど、世の中にはいるのよ。指一本触れることなく相手や世界を破壊できる人間が。鉄格子の部屋に閉じ込められてさえ人を操《あやつ》り、人を襲える。閉鎖病棟内で起きたことはほとんど公《おおやけ》にされないけれど、残念ながらここでも『事故』は起きるし、医師や外来者が死亡してもいる」

「閉じ込めてあるのに、ですか？　ホラーのようだな」

「ようではなくてそうなのよ。だからあなたも、何があっても患者に近づかないでね。あなただからこそ会わせるけれど、どうか、今日のことを教訓にして、あなたのキャリアに役立てて欲しい。あんな患者は他にはいない。恐ろしいというより、おぞましいわ」

「……ますます興味が湧《わ》いてきました。ここでも医師や外来者が死亡したというのはつまり、殺されたということですか？」

男は頰《ほお》を紅潮させた。さっきまでは無表情だったのに、今は両目が潤《うる》んでいる。玲奈は天井から目を逸らし、目の前にいる男を見つめて言った。

「手口自体は単純で、わざと聞こえにくく話して相手を近くへ呼ぶとかね、緊急事態を演出して看護師が病室に入らざるを得ない状況にするとか……医師を誘惑したこともあったわ。それで二人やられたの。頸《けい》動脈を嚙《か》み切られたのよ」

するとと男は鼻で笑った。慇懃《いんぎん》な口調を使ってはいるが、玲奈を見る目は冷ややかだ。

「はっ、まさか。人間にできますか？　そんなことが」

「前歯をヤスリで研《と》いであるのよ。その歯で自分の口も傷つけるから、専用プロテクターを装着させてる。鉄格子は、事件後に金網も張ったけど、医師は彼女を信用し、中に入って殺された。そういうことが得意なの。驚くでしょ？　こんなサンプルは他にない。扱える人もそうそういない」

「それは……ますます面白いな」

長い通路はさらに折れ曲がったところで突然終わり、外部へ抜けるドアになった。ようやく最初の棟を抜けられるのだ。玲奈はポケットから鍵《かぎ》を出し、古いやり方で施錠《せじょう》を外《はず》した。

「電子ロックは知識があれば外されてしまう。でも鍵ならば、手の中にある限りは安心よ」

重い音を立てて扉が開くと、森だった。黒くて死んだような森である。そこにはアプローチなどの意匠が一切なく、地面に下り立つためにだけ、コンクリートの短い階段がついていた。階段を下りた先に手すりを配した吊《つ》り橋《ばし》状の小道が中空を別の棟へとつないでいる。心躍《おど》る五月のはずが、この場所の新緑はくすんで暗く、陰鬱《いんうつ》だ。小道の下は崖《がけ》であり、針葉樹と雑木の他には棘《とげ》の鋭いイバラばかりが茂っていた。

歩くたびに揺れる小道を通って崖の向こうへ進んで行くと、木立《こだち》の合間に錆色《さびいろ》の病棟が見えてきた。戦前に建てられたというそれは四階建てで、病院ではなく廃墟《はいきょ》のようだ。窓は小さく、細長く、すべてに鉄格子がついている。しかも優雅な曲線ではなく、刑務所さながらの直線だ。外壁は地衣類《ちいるい》で斑《まだら》になって、黒い涙のように雨の跡が流れていた。小道に面した壁に入口がひとつあり、脇に大きな窓がある。その窓にも鉄格子がはめられて、中に守衛の姿が見えた。プロレスラーのような体格の黒人男性だ。玲奈は窓に向かって手を振ると、彼が入口ドアを開けるのを待った。

森は静まりかえっている。建物が近づいてくるに連れ、湿《しめ》った土や木々の匂いを押しのけて、微《かす》かな悪臭が鼻腔《びこう》を衝《つ》いた。動物園の臭いとも墓場の臭いとも違うそれは、生きながら屍《しかばね》になった者たちの悪臭だ。

「ご苦労様。付いてくる必要はないわ」

ドアが開くと玲奈は守衛にそう言って、白衣の裾《すそ》を翻《ひるがえ》しながら建物に入った。カツン、コツンと靴が鳴る。男も後ろをついていく。すれ違うとき一瞥《いちべつ》すると、巨体の守衛は無表情のままで視線を逸らした。自分は何も見ないし知らないと、アピールしているようだった。

守衛室の先は短い廊下で、猛獣の檻《おり》のような鉄格子が病棟と守衛室を分けていた。玲奈は鍵で鉄格子を開け、男を通してから鍵を掛けた。まるで刑務所だと思う。その様子を、守衛はやはり無表情で見守っている。見ないし知らないとアピールしても、来客は気になるのだろう。

そこから先は、空間が悪臭に満ちていた。左右に病室の扉が並んでいるが、小さな窓にさえ鉄格子がはめられて、覗《のぞ》いても内部は暗くて見えず、ベッドらしきものに横たわるのが患者なのか、死骸なのかもわからなかった。

「吉井加代子《よしいかよこ》は……」

生きている人間の気配がしなくなったので、男はようやく実名を口に出して訊《たず》ねた。

「実子殺しのほか、複数の殺人事件に関与していたというのは本当ですか？」

長い廊下は薄暗く、坑道の中を行くようだ。強い消毒臭の奥からも汚物の臭いが湧《わ》いてくる。新鮮な空気などないが、それを含めて世界が完成しているような印象だ。

カツ、コツ、カツ、と靴音を響かせながら玲奈が答える。

「本当よ。立件されたものだけで八名の殺害と十七件の暴行罪で起訴された。ほかにも二十三名の集団自死事件に関わっていたという噂《うわさ》まであるの。ご存じかしら？　心神耗弱《しんしんこうじゃく》が認められなければ死刑になっていたでしょう。ここでも二人殺しているし」

「集団自死事件？　そんな事件がありましたか？」

白衣のポケットに手を突っ込んだまま、玲奈は立ち止まって、振り向いた。

「私が生まれる前のことなので、詳しくは知らないわ……それより」

いくら研究のためとは言っても、そんな恐ろしい女に、あなたはなぜ興味があるの？

と、玲奈は訊ねた。微笑みながら男は答える。

「月岡社長のお言葉通り、彼女は希有なサンプルで……あとは職業上の好奇心ですかね」

悪臭の狭間《はざま》にときおり玲奈の香水が香る。艶のある黒髪から覗く細い項《うなじ》は絞《し》めたいほどに魅力的だ。メス豚《ぶた》め……閉鎖病棟内で起きたことはあまり公にされないという彼女の言葉を、男は密《ひそ》かに嚙みしめる。下半身が滾《たぎ》っていくのを彼は上着の裾で隠した。玲奈は廊下の先で再び鉄格子を解錠し、施錠してから階段を上がった。二階は別の空気で満たされていて、うなり声や、壁を打つ音や、怒号がしていた。

「うるせえぞ！」ガンガンガン。

「うるせえって言ってるんだよ」ガンガン。

「ぶっ殺すぞテメエ！」ガンガンガンガン！

「動物園のようでしょ」

と、玲奈が笑う。

左右に病室が並ぶ廊下を歩いて行くと、小窓から突然手が伸びてくる。

「女だ。女の臭いがするぞ。女が来た……オイ女！　オイ、おんな！」

そして卑猥《ひわい》な言葉で囃《はや》す。小窓から突き出た手は血塗《ちまみ》れで、骨張っていて、男のものか女のものかわからなかった。手骨格の見本さながらに痩せた手は、中指の肉がえぐれて第二関節が剝《む》き出しになっている。

「患者がケガをしてますよ」

男が言うと、

「わかっているけどダメなのよ。意識が戻ると自分で嚙んでしまうから」

と、玲奈は答えた。

「一般的な常識なんか、ここでは一切通用しないの。手首まで食べて死んだ患者もいたほどよ。この患者も異食症で、狐《きつね》の霊が憑《つ》いたと信じているから自分を嚙むのよ。どうにも止められないみたい」

「なら眠らせておくほかないですね?」

男が問うと、玲奈は意味ありげな顔で笑った。

「もちろんよ。でも、本人がどうしても薬を飲まないならば仕方ないでしょ。普通は患者とよく話し、同意を取り付けて治療方針を決めるけど、ここではそれができないのだもの。飲ませても無理やり吐くし、点滴を使えばむしり取り、トランス状態にすれば一晩中でも跳ね続ける。考えてみて……患者にとって最善の治療は何なのか」

「自分を食い尽くして死ぬことですか」

月岡玲奈は答えず、薄く笑っただけだった。

廊下の先は階段で、階段室にも鉄格子があった。玲奈はそこも解錠し、男を通して施錠した。廃墟のようなコンクリートの階段もやはり、どことも違った空気で満たされていた。薄暗い照明があるだけで、階段を上るうちに動物園のような喧騒《けんそう》は遥《はる》か彼方《かなた》へ飛び去った。照明器具には網目状のカバーが掛けられ、壁の随所に血のようなシミがあり、空気は冷たく、死にかけた建物の臭いがしている。

「この上よ。くれぐれも患者に近づかないで」

月岡玲奈は階段を上り、そこでまた鉄格子を解錠した。階段室を出ると廊下があったが、この階は左右に並ぶ病室すべてが空《から》だった。扉は開け放たれた状態で固定され、六畳程度の室内がよく見えた。高い位置にある窓は、鉄格子の下部にだけ針葉樹の先端が透《す》けていて、それ以外は空だった。刑務所の独房さながらの部屋や、マットレスに覆われてトイレすらない部屋や、壁から拘束具が垂《た》れ下がっている部屋などが並んでいるさまは、治療施設というよりも、収容所もしくは人体実験場を思わせた。

廊下の突き当たりに猛獣用の檻で覆われた一角があり、内部が二つに分かれていた。四室ほどの病室を壊してつなげ、手前を横長の前室に、奥を病室にしてあるようだ。玲奈が言っていたように、この部屋だけは特別なのだ。廊下にも階段にも鉄格子があるから患者は脱走できないが、病室を敢《あ》えて二つに分けた理由は、看護師や面会人を患者から守る工夫だろう。面会人や看護師は前室から患者に接触し、病室に入ることはない。何人か殺されたという話は真実なのだ。

前室はガランとしていてベンチが置かれ、それ以外には何もない。病室との境にあるのは金網を張った鉄の柵《さく》で、給仕用の窓と、腕が通る程度の穴がある。病室には窓があったが、なぜかパネルで塞《ふさ》がれていた。一方、造り付けのシャワールームは素通しで、トイレや洗面所にも壁がない。室内にはベッドがひとつ置いてあり、ダイニングテーブルとパソコンがあり、本棚にはびっしりと専門書が並び、サイドテーブルに水槽《すいそう》が載せられて、中でメダカが泳いでいた。

月岡玲奈と男が前室に入ったとき、病室で女がシャワーを浴びていた。沈黙の階に水音が響き、裸体の女が水しぶきの下にいるのが見えた。彼女は檻の施錠が外れる音に振り返り、こちらをしばらく見つめてから、悠々《ゆうゆう》としてバスタオルを取った。

「あれが吉井加代子よ」

男を前室に招き入れ、施錠しながら玲奈は言った。

「気をつけて」

前室と病室の間にも鉄柵があり、ご丁寧《ていねい》に金網まで張ってある。その中にいるのは全裸の女で、齢《とし》は五十を過ぎている。痩せて骨張った身体だが、おざなりに手にしたタオルは小さく、乳房や陰部を隠そうともしない。刈り上げた短髪から滴《したた》る水を拭《ふ》きながら、女は鉄柵に歩み寄り、ゆっくりとした仕草で病衣を纏《まと》った。この病院の患者やスタッフが身に着けているような病衣ではなく、つなぎ型で、しかも臙脂《えんじ》色だ。

「何かあっても目立つように、よ……彼女だけは特別だから」

と、玲奈が囁《ささや》く。万が一逃亡されても見つけやすいという意味か。

来訪者など気にも留めずに、女はつなぎズボンを素肌に纏い、ジッパーを上げるとき、意図して体の正面を男に向けた。その瞬間、彼は女の秘された部分より、稀代《きたい》の殺人鬼吉井加代子のふたつの瞳《ひとみ》に魅入られた。

彼女はじっとこちらを見ている。思いのほか整った顔は肉の薄いギリシャ彫刻のようで、グレーヘアを刈り上げた短髪が形のよい頭蓋骨に似合っていた。肌のきめは細かくて、吊り上がった眉にやや落ちくぼんだ二重《ふたえ》まぶた、何よりも、大きな瞳が輝くような力強さを持っていた。細い鼻梁《びりよう》に薄い唇《くちびる》。吉井加代子は男を見つめ、ジッパーを引き上げながら『にっ』と笑った。

口元に半透明のプロテクターが覗くと、月岡玲奈が言った通りに、それは鮫《さめ》の歯のように尖《とが》った前歯にピッタリとかぶせられているのがわかった。ゾクゾクゾクッと背骨が震える。なるほど、あの歯なら頸動脈を食いちぎるのも容易《たやす》いだろう。吉井加代子は想像していたよりもずっと人間離れして、それなのに完成された生物のような超越感を持っていた。臙脂色のつなぎに隠された青白い肉体。それがくたびれてたるんでいても、彼女はなぜか美しかった。男は加代子と見つめ合い、言葉が出てこず溜息《ためいき》を吐《つ》いた。

「……だれ？」

と、加代子が低く訊く。声には痺《しび》れるような悦楽があった。

「貴女《あなた》のファンです」

男は答えた。今しも彼女の前に跪《ひざまず》き、バラの花束を差し出しそうな声だった。

加代子は静かに微笑むと、乳房の下でジッパーを止めた。鉄と金網の柵に近づいて来て、細い指先を金網に絡《から》める。プロテクターの隙間《すきま》に薄い舌を覗かせて、唇の端をチロリと舐《な》めた。またも背筋がゾクゾクとした。

「そうなの……私のどこが好き？」

尖った前歯がプロテクターに透けている。それでも彼女は小首を傾《かし》げ、男の身体が発するすべての音や、すべての匂いを確かめようと目を閉じた。思いのほか長い睫《まつげ》が、薄《うっす》らと頬骨に影をひく。それだけで、男は自分の全身を彼女に舐め回されたように感じた。目を閉じたままで加代子が訊く。

「私のどこに惹《ひ》かれたの？　人殺しだから？」

パッと目を見開いて彼を見た。

「殺しのやり方？」

「すべてです」

と、彼は微笑む。自分の魅力を熟知している人間だけがする完璧な微笑みだった。

「貴女は不純物のない結晶だ。世界なんか超越している。会ってすぐにわかりましたよ」

目の前にいるのは本物の殺人鬼だ。人間じゃない、鬼なんだ。

男は玲奈の存在など即座に忘れた。それどころか、加代子と自分を隔てる檻も、金網さえもすぐに忘れた。加代子の瞳は障害物を容易く越えて、男の魂を見つめてくる。ファンどころではなく奴隷でありたいと彼は思い、吸い寄せられて歩を踏み出したとき、

「それ以上近づかないで」

と、玲奈に言われた。金網から突き出た加代子の指が、悪巧《わるだく》みのように構えている。手はそーっと位置を変え、腕が通る穴の近くに寄って来ていた。男はその場に足を止め、加代子の指に絡め取られる振りをして、逆に彼女を組み伏せるシーンを想像した。

「……貴女はぼくが思っていたより、ずっと、ずっと魅力的です。その身体に——」

と、男は腕を上げ、人差し指で加代子を指した。

「——メスを入れ、皮膚を切り裂いて中を覗きたい。常人とは脳みその色も、かたちからして違うのでしょうね。どんな感じがするんです？　人間を殺すときって」

加代子は猫のように目を細め、頬骨のすぐ下まで口角を上げた。

「想像するよりずっとイイ」

「……そうでしょうとも」

加代子は「ふふ」と、無礼に笑った。

「人間もただの生きもの。だが、人間だけは特別だ……人間は特別な感覚をくれる」

「それはなんです？」

男が瞳を光らせる。

「覇者の高揚」

と、加代子は答えた。

「人間だけが魂を持つ。そして魂は肉体から摑《つか》み出すことができる。摑み出せれば自分が太る……そう……私はその感覚が理解できるが、おまえごときにはわかるまい……おまえは結晶になれはしない、哀れな、ただの、男だからな」

摑み出せる、という言葉を聞いたとき、彼はビクンと背中を震わせた。

「ぼくは貴女を崇拝《すうはい》する。貴女を殺して貴女になりたい……貴女のことを、もっと知りたい」

つなぎのジッパーに手をかけて、加代子は剝き出しだった乳房を隠す。男はもはや遠慮もせずに、それが隠れる様子を見守る。首まできっちりジッパーを上げると、加代子は無表情になって踵《きびす》を返した。まるで男に対する興味の一切を失ったように。

「吉井さん」

と、男はすがった。

「どうか話して。もっと詳しく、貴女のことを。初めて人を殺したときは、どんな感じがしたんです？　それは貴女をどう変えましたか？」

加代子は振り向きもせずベッドに掛けた。脇の書棚には本がびっしり詰め込まれている。何も聞こえないふりで一冊を抜き出すと、愛《いとお》しむように表紙を撫《な》でた。

「吉井さん。貴女はなぜ自分の子供を殺したんですか？　ご主人の頸動脈を嚙み切って殺したと言うのは本当ですか？　二十三名の集団自殺に関わっているというのは」

加代子は膝に本を置き、知らん顔で表紙を開く。

「何を読んでいるんです？　貴女のすべてをぼくは知りたい」

「彼女が嚙み殺したのがご主人だったと、知っていたのね？」

驚愕《きょうがく》して玲奈は言った。

「私を騙《だま》したの？　彼女のことを調べたの？　治療に役立てたいと言ったのは……」

「うるさい。あんたとは話していない」

男は玲奈を振り向きもしない。玲奈は眉間《みけん》に縦皺《たてじわ》を刻《きざ》んだ。

「もう話しかけても無駄よ。吉井加代子が興味を持つのは自分が認めた相手だけ」

前室のベンチに腰を下ろすと、優雅に足を組んでから、玲奈は男の背中に言った。

「あなたへのアレはただの遊びで、退屈しのぎよ。彼女はあなたに興味がないの」

「……そんなはずない」

と、男は唸《うな》った。そうだ、そんなわけはない。目が合った瞬間に感じたものを、加代子もきっと感じたはずだ。ぼくらは似ている。似ているどころか同じ種類の人間だ。彼女もそれに気付いたはずだ。

「どれだけ待っても反応しないわ。色々と調べて来たのに残念だったわね」

玲奈の声には落胆とあざけりがあった。あなたなら吉井加代子と対等に話せると思ったのに、勘違いだったと嗤《わら》っている。男は加代子を挑発しようと鉄柵に近寄り、張られた金網を摑んでみせた。

「ちょっと！　いい加減にしてちょうだい」

玲奈は取り乱し、立ち上がって男の腕を摑んだが、加代子のほうはベッドに掛けたまま振り返ろうとさえしない。無視されて男は叫んだ。

「こっちを向くんだ！　ぼくを見ろ！」

「やめて、彼女を刺激しないで、守衛を呼ぶわよ」

「頼む、お願いだからぼくを見てくれ。ぼくを見ろ！　見ろ、見るんだクソ女、この吸血鬼ババア！」

そのとき加代子は、まるでロボットのように、きっかり首を九十度回した。そしてベッドに掛けたまま、男を眺めて冷たく言った。

「雑魚《ざこ》がうるさい。私を知りたいなら、これでも読んでみるがいい」

手にした本を投げ捨てる。

バサリと本は床に落ち、表紙が開いて、また閉じた。

斜めに歪《ゆが》んだカバーにタイトルが躍る。

本の題名は『スマイル・ハンター』。憑依《ひょうい》作家雨宮《あまみや》縁《えにし》の新作だった。

# 第一章　編集者の憂鬱《ゆううつ》

　ミステリー作家の雨宮縁は、黄金社《おうごんしゃ》の新人賞からデビューするや、瞬《またた》く間に売れっ子となった。そんな縁を担当するのはベテラン編集者の真壁顕里《まかべあきさと》で、ノンフィクション部門に籍を置きながら縁の本を作っている。〝癖《くせ》のある作家〟を操縦するのが上手《うま》いから、縁の変人ぶりに恐れ戦《おのの》いた編集長が、真壁に担当を振り当てたのだ。

　もっとも、最近になって真壁は、縁本人の口から、出会いから現在に至るまでのすべてが仕組まれたことだったのだと聞かされた。縁が黄金社の新人賞に応募したのも、その内容が猟奇的《りょうきてき》でグロテスクだったのも、縁本人が異常に傾《かぶ》いた変人であることすらも、真壁を担当につけたいがための作戦だったと。

「……なんだかなあ」

　作業を止めて、真壁は呟《つぶや》く。メールで送られてきたばかりのそれは、娯楽小説『スマイル・ハンター』の続編にあたる『ネスト・ハンター』のプロットで、読んでいると作家雨宮縁との因縁《いんねん》ばかりが脳裏を過《よぎ》った。

このシリーズは実際の事件をベースにしているだけでなく、真壁をモデルにした登場人物が動いているので、文字列の中に自分を感じて物語と現実の区別がつかなくなるのだ。縁の人を食った顔や、縁に寄り添う長身の秘書すら思い出されて、後ろに二人がいるような気がする。

真壁は小指の先で額《ひたい》を掻《か》くと、プロットから目を逸《そ》らしてデスクを眺めた。

雑然としたなかで一際《ひときわ》目を惹《ひ》くピンク色の封筒は、「ノンフィクション・真壁さん」と、エンピツ書きの付箋《ふせん》が貼《は》ってあるものの、真壁宛の書簡ではなく「雨宮縁先生宛」のファンレターだ。真壁はそれをつまみ上げ、しばらく考えてから、また置いた。

さすがに今は忙しいから、あとで内容を確認し、よい文面だった場合のみ縁に届けてやろうと思う。封筒と差出人に覚えがあるから、いつもの読者が新刊の感想を送ってくれたものだろう。開けっぱなしのペンケースからは、赤青のペンに目薬、付箋に指サック、修正液、クリップや消しゴムがはみ出している。書簡の脇にはスケジュール帳があり、色とりどりの付箋で膨《ふく》らんでいる。卓上カレンダーは書き込みすぎて字が読みにくく、もはや何も書かれていないに等しい。

雨宮縁の公募作は『今昔捕り物長屋《こんじやくとりものながや》・東四郎儀覚書《とうしろうぎおぼえがき》』という時代物で、好評を博していたものの、縁は最近それを完結させてハンターシリーズを書き出した。とある医療系グループで治療を受けた者たちがそれとは知らずに洗脳され、ハンターと化して凶悪事件をひき起こすというクライムミステリーである。

一作目は幸福な人を妬《ねた》んでその笑顔を狩る話。こちらはすでに刊行されて、売れ行きの動向を注視している最中だ。今日送られてきた二作目のプロットは、幸福な家庭生活を夢見るハンターが家族そのものを狩る話だ。どちらも実際の事件をベースに、まだ明るみに出ていない医療系グループの洗脳実験を告発する内容となっている。

真壁はプリントアウトしたプロットに指を這《は》わせて、設定キャラクターの名前をなぞった。娯楽作品にはヒロインが必要だが、このシリーズに色を差すのは片桐愛衣《かたぎりあい》という名の女子高生で、主人公にヒントを与える役どころである。天真爛漫《てんしんらんまん》で神出鬼没、而《しか》してその実体は、心療内科医片桐寛《ひろし》一家殺傷事件で殺害された被害者がモデルだ。

事件は十数年前、嵐の夜に起きた。

片桐家の長女をストーカーしていた犯人が自宅を襲撃して片桐夫妻を惨殺、長男と次女に瀕死《ひんし》の重傷を負わせて逃走したが、当の長女は学校行事で不在だったために被害を免《まぬが》れた。弟妹二人も治療の甲斐《かい》なくその後に死亡。犯人も逮捕後に留置場で自殺した。生き残った長女は成人後に病院の経営を引き継いで、今では帝王《ていおう》アカデミーをグループにするほど事業を拡大、実質的な経営者となった。結婚して名字が変わり、月岡玲奈を名乗ってメディアに多出する有名人だ。

縁のプロットでは『帝王アカデミーグループ』を『帝国アカデミーグループ』と書いて

いる。さすがにあからさますぎるので、真壁はそれを赤線で消して、『エンペラーグループ（トカ？）』と朱書きした。娯楽小説のふりをした告発小説というアイデア自体は荒唐《こうとう》無稽《むけい》で面白いが、フィクションにノンフィクションが混じっているからややこしい。オリジナリティに関する責任は著作者にあるが、版元には作品を発表する責任がある。無駄な軋轢《あつれき》は避《さ》けるに限る。

プロットには、グループセラピーを受けたハンター予備軍が担当医に呼び出されてカウンセリングを受けるシーンが入っていて、その部分は縁の推理による創作だ。催眠術を用いたカウンセリングで秘された欲望を解き放たれたハンターが、『母子家庭の新たな父親になるという使命』を与えられて犯罪に走るというわけだ。作中でカウンセラーは言う。

『それができるのはただ一人。今まであなたが生き難《にく》かったのは、他の者とは違うから。崇高《すうこう》な使命を持って生まれたあなたは、今こそ覚醒《かくせい》してそれを行うのです』

他者と関わることが不得意で、誰からも必要とされないと自分を蔑《さげす》んできたハンターは、初めて存在を認められ、使命感と選民意識に傾倒し、自らを解放して神になる。

「ふう」

真壁は溜息《ためいき》を吐《つ》いた。

縁の筆致でこれを描いたら、文字を読むだけで現場にいる気がするだろう。一般読者は戦慄《せんりつ》し、ハンターは自分の悪事が監視されていたのではないかと肝を冷やす、かもしれない。それとも俺は、実際目にした犯罪現場の記憶のせいで、そんなふうに感じるのだろうか。椅子《いす》の背もたれに身体《からだ》を預け、真壁は指先で己の瞼《まぶた》を揉《も》んだ。

第二作めのプロットに書かれた事件では、ネスト・ハンターが狙《ねら》った一人が知人であった。そんなこととはつゆ知らず、真壁は無断欠勤した知人の様子を見に行って、第一発見者となったのだ。

それとは別に、黄金社に勤務していた営業職が、一作目『スマイル・ハンター』の餌食《えじき》にされたこともある。新聞広告に採用された結婚式の笑顔が素敵だったという理由で夫を殺され、葬儀会場で泣き顔を狩られたのだ。

どちらも胸糞《むなくそ》の悪い事件で、生涯忘れることはできないだろう。

事故や自殺で処理された事案にハンターが関わっていることは、巧妙に隠されて誰も知らないと縁は言った。万が一犯人が捕まった場合も帝王アカデミーに捜査が及ぶことがないように、ハンターには自死を選ぶプログラムがなされていると。片桐一家殺傷事件も然《しか》り、ストーカーの背後には黒幕がいて、それが月岡玲奈だと。

誰もアカデミーの裏の顔には気付かない。警察も同じだ。だからシリーズに被害者と同名のキャラを出し、名前に反応する者を炙《あぶ》り出す。作品をヒットさせ、読者に事件を知らしめる。ハンターを作る者たちにメッセージを送り、尻尾を摑《つか》んで、月岡玲奈との関係を暴いてやると縁は言った。

「くそぅ……面白いプロットじゃないか……ちくしょう……」

真壁は身体を起こして両手をさすり、パソコン画面に表示している雨宮縁の企画書を見た。出版は博打《ばくち》のようなものだから、版元の資金で本を出す限りは著名作家であっても企画会議を通過しないと新作を書けない。企画を通すのが担当編集者の仕事であり、企画が通って初めて作家に仕事の依頼ができる。かといって、書き上がった原稿が拙《まず》ければ発表されず、当然ながら対価もないが、それはまた別の話だ。とにかく、『スマイル・ハンター』の出足が好調な今のうちに、続編の企画を通さなければならない。

会議の参加者が共有する企画シートに、真壁はプロットの概要を打ち込んだ。会議では複数のプロットが検討されるので、長いプロットを読んでもらう暇《ひま》もないから、インパクトを重視する。それもこれも、縁に二作目を書かせるためだ。

真壁は文章を打ち込んだ。

――母子家庭に入り込み、夫になりきる異常犯罪者を主人公が追う――

インパクトだけで、どこが面白いかわからないので、すぐ消した。本当ならばこう書きたい。

――衝撃必至のクライムミステリー。覆面作家雨宮縁が巨大企業の完全犯罪を暴く――

「これなら発行部数も取れるんだが……」

ぼやきながらまた消したのは、この惹句《ひきく》は、いずれ自分が書く帝王アカデミーのノンフイクション暴露本で使いたいと思ったからだ。

片桐一家殺傷事件は、真壁が長年追い続けてきたネタだ。

当初は美貌の経営者月岡玲奈が過去の悲劇を乗り越えた部分に焦点を当てるつもりだったが、社の広告主である帝王アカデミーグループから横やりが入って企画は会議を通らなかった。腐《くさ》っているとき縁と出会い、そんな単純な話ではないと知らされた。月岡玲奈は稀代《きたい》の女殺人鬼吉井加代子の実子だが、加代子が片桐寛の患者だったことから、片桐夫妻が玲奈の将来を案じて、実親との関係を解消する特別養子縁組をしたというのだ。ところが玲奈は長じて一家を襲わせ、その財産を手に入れた。すべては母娘《おやこ》が最初から仕組んでいたことだったのだと。

縁のプロットを見ていると、自分がノンフィクション本を書くときの構想ばかりが頭に浮かぶ。覆面作家雨宮縁の正体含め、如何《いか》にして縁が荒唐無稽な洗脳犯罪と戦ったのか、文章に起こしたくてたまらなくなる。だが、まだ早い。まだわからないことがある。それは作品ごと登場人物に憑依《ひょうい》して本性を見せない雨宮縁の真の姿だ。

「いや、だから」

と、自分に言って、頭を振った。

「今は企画書を上げないと」

会議まで三十分を切っている。自分に気合いを入れるため、真壁は両手でバチンと頰《ほお》を叩《たた》いた。新刊の発売時から数日間、版元は書店や取次会社に集められたデータを注視する。本が売れた時間や買い手の情報、部数などを参考に、作品のその後を決めるのだ。ひとつシリーズが終わるたび、作品はまたゼロからのスタートとなり、人気作家でもそれは同じだ。デビュー作と作風が違うハンターシリーズに限って言えば、『東四郎儀覚書』のファンには受けが悪かった。今のところ初速はいいが、一巻目を買った者が二巻目も買ってくれるとは限らない。やはり時代物のほうがよかったと思われてしまえば、シリーズを続けることは困難になる。

真壁は椅子に座り直すと、モニターだけを見てキーを叩いた。

初速がいい今なら企画は通る。だから今日の会議が勝負だ。縁もそれをわかっているからプロットを急いでくれたのだ。作家に旬《しゅん》があるように、企画にも旬はある。その機を逃さず書ける者だけが生き残っていく世界だし、なによりハンターシリーズがヒットしなければ、俺が書くノンフィクション本にも勝ち目はない。このシリーズが売れてこそ、美貌の女経営者と覆面作家の戦いに読者は興味を持つのだから。

思いつく限りの惹句を乱打しまくった。それを会議の五分前まで続けてから、もっとも派手な一文のみを残して他を削除し、人数分の企画書をプリントアウトして席を立つ。上着を摑んで企画書を持ち、真壁は部屋を飛び出して、企画会議の部屋へと向かった。

「先生はどうしてもこの作品を書きたいそうです。自信作だと言ってます」

若い文芸担当者が熱を帯びた声で言う。会議に出ている者たちは、手元の資料を冷ややかに見る。最初に検討されるのが過去作品の売上推移だ。売上推移がイマイチでも、メディアミックスなどの特殊な条件があるならいいが、若い文芸担当者が企画に上げた作家はこだわりの強い作風で、既刊の売れ行きもあまり芳《かんば》しくなかった。しかも数年ぶりの執筆となれば、どんな話を書くつもりかを明確にしないと判断できない。担当者は作家の情熱のみをプレゼンするが、それでは何も伝わらない。企画書の文言も、何が面白くてどんな層にアピールできるか、わからない。

ハンターシリーズ二作目の企画を無事に通した真壁は少し余裕ができて、プレゼン中の若い文芸担当者を遠い席から眺めていた。会議の前に相談してくれればアドバイスもできたのに、今となってはどうにもならない。編集者には作家や作風を好むあまりに目が濁《にご》って急所を押さえられなくなってしまう者がいるが、彼がその状態だ。先生も先生で、パンチの効いたプロットを上げればいいのに、これじゃ手抜きも甚《はなは》だしい。世相、社会情勢、空気感、そうしたものに鈍感になっては版元に投資させることなどできはしないのに、何年作家をやっているんだと心で思う。案《あん》の定《じょう》企画は通らず、若い担当者は再検討を言い渡された。

企画書をめくり、次の書類に目をやったとき、スマホが震えてメッセージが届いた。編集部署の事務員が送ってくれたものだった。

――会議中に恐れ入ります。真壁さんに会いたいという方が受付にいらしているそうですが、どうされますか？――

本日予定しているアポイントメントはないはずだ。

真壁は机の下にスマホを隠して返信した。

――面会予定はないですね。どちらさん？――

――トキワさんという方です――

名前にも覚えがなかった。もしかすると原稿の持ち込みだろうか。そうだとしても事前連絡もなしに出版社へ押しかけるのは感心しない。

――企画会議中なので、受付で名刺を預かってもらってください。後で寄ります――

――承知しました――

肩書きがあるならそう言うはずで、名前だけ名乗ったというのも妙な話だ。そうなると名刺を持っているかも怪しいし、名刺をもらったとしてもこちらから連絡するとは限らない。いきなり受付に来るような相手に割《さ》ける時間はそもそもないが、作家に関して言うならば砂漠で金を拾うようなことも稀《まれ》にあるから困る。編集者の性《さが》として、奇跡に巡《めぐ》り会う瞬間を夢見てしまうものなのだ。

企画会議が終了してから、真壁は受付ロビーへ下りてみた。もしかすると名刺の代わりに自信作を置いていったかもしれないが、その場合は例外なくシュレッダー行きとなる。新人作家の登竜門として、黄金社では文学賞を設《もう》けているので、自信作なら賞に応募してくるべきだ。抜け駆けのように原稿を届けに来ても読むことはない。正直者が馬鹿を見るのが真壁は嫌いだ。

夕刻のロビーは戻ってくる者や出ていく者で雑然としている。受付スタッフが来客に入館証を渡し終えるのを待ってから、真壁はカウンターに近づいた。

「ノンフィクションの真壁です。さっき来客の連絡をもらった」

「ああ、はい。お疲れ様です」

受付スタッフが顔を上げる。名刺を渡してもらえるものと思って待ったが、彼女は苦笑気味に眉尻を下げ、

「お名刺は頂戴《ちょうだい》できませんでした」

と言った。名刺でも原稿でもなく、ただのメモを渡してくる。相手が受付に来た時間と、『ノンフィクション局、真壁さん・トキワ様』と、文字だけが書かれていた。

「どこのトキワ様？」

「それしか名乗られませんでした」

「何の用だと言っていた？」

受付スタッフは首を傾《かし》げた。

「原稿の持ち込みだと思います。『雨宮先生の担当編集者に会いたい』と……」

「真壁と名指ししたわけじゃないのか」

「はい。あいにく会議中なので、お名刺など頂戴できましたら渡しておきますと言ったんですが、『いいです。なら、また来ます』って……」

「無礼なヤツだな。男？　女？」

「男性でした」

「いくつくらい？」

「いくつぐらい……わりとご年配に見えましたけど」

と、言いながら、彼女はカウンターデスクの内側に設置してある小さなモニターを操作した。ロビーの様子は防犯カメラ映像に残されて確認可能となっているのだ。

ちょうど真壁が会議をしている時間に、その男は正面ロビーへ入ってきた。黒くて長いコートを纏《まと》い、手に茶封筒を持っている。Ａ４サイズの原稿がピッタリ収まる大きさだ。猫背でガニ股、ボサボサ頭で清潔感がなく、生活に疲れた感じがする。たしかにもう若くない。新人賞は若い作家のほうが有利と考え、賞に応募することなく直接持ち込みしてくる輩《やから》は多い。

「……あー……」

と、真壁は頷《うなず》いた。

「やっぱり原稿の持ち込みだろうね。さしずめ雨宮先生のファンなのか……また来たら、新人賞に応募しろと伝えてやって。その後もビシバシ書けるなら年齢は関係ないし、抜け駆け原稿は不公平になるから読まないと」

「承知しました」

もしも新人賞の応募原稿にトキワという筆者がいた場合は、選考通過に関係なく読んでやろうと真壁は思い、受け取ったメモは丸めて捨てた。アポなしの相手を受付デスクまで確認しに来たわけは、原稿の持ち込みではなく刊行作品の取材申し込みかもしれないと思ったからだ。『なにそれ先生の担当と会いたい』と言われる場合は宣伝につながることもあるから、無下《むげ》に断ることもできない。

エレベーターを呼んで自分のデスクへ戻り、真壁は縁にメールを打った。

続編が企画会議を通ったので執筆を開始して欲しい旨を伝える。ここから先は刊行スケジュールを詰めねばならないし、プロットの甘い部分も押さえておく必要がある。どこかで打ち合わせの時間を頂戴したいと打ち込んでから、秘書の庵堂《あんどう》へもカーボンコピーをつけて送った。本を書くのは縁だが、縁に仕事をさせるのは庵堂だからだ。捉《とら》えどころのない縁より、庵堂と打ち合わせたほうがスケジュールもきっちり決まる。

その後真壁はもう一本メールを打った。相手は蒲田宏和《かまたひろかず》というフリーランスのデザイナーで、縁の本の装丁《そうてい》デザインを担当している。

件名：蒲田様へ　【雨宮縁先生の新刊について】
お疲れ様です。黄金社の真壁です。先ほど会議がありまして、雨宮先生のハンターシリーズ二作目の『ネスト・ハンター』が実行となりました。ひと月前後で原稿が上がるはずなので、仕事を予定しておいてください。引き続きよろしくお願いします。
真壁顕里拝

送信するとネットにつないで検索を始めた。

ブラウザを起動して『庵堂昌明《まさあき》　殺人』と打ち込むと、千件以上の記事がモニターに並んだ。多くは国内ドラマの宣伝で、最新ニュースやスクープ記事は『殺人』のキーワードに反応したものだった。それらは欲しい情報ではないので、真壁は検索のやり方を変えた。

『医学博士　殺人』で検索すると、少しはマシな記事がヒットしてきた。コマーシャルや芸能ネタでなく、実在した事件についての記事である。

【博士邸の怪事件・愛人の亡骸《なきがら》をトランクに】

出た！　と思ってクリックすると、それも真壁が探しているものではなくて、昭和初期に中国の大連《だいれん》で起きた愛憎殺人の記事だった。関係者の一人はたしかに医学博士だが、庵堂昌明ではないし時代も違う。真壁は付箋で膨らんだスケジュール帳を脇へ避《よ》け、ノンフィクション本を書くための取材ノートを引き寄せた。ノートの最後の頁《ページ》には走り書きしたような文字で、

——再生皮膚の権威　スタッフの女性を殺して自殺　庵堂昌明——

と、書かれている。これは片桐一家殺傷事件を調べるなかで、片桐寛と付き合いがあった出版担当者から偶然仕入れたスクープだ。片桐家の事件のほかに、片桐寛の友人だった学者も事件を起こしていたというのだ。

学者の名前は庵堂昌明。縁の秘書の庵堂貴一《きいち》と同じ名字であることに、真壁はピンと来たのであった。その学者はスタッフだった女性を殺して自殺した。殺害された女性の名前は桐生月子《きりゅうつきこ》で、それにも心がざわついた。なぜならば、雨宮縁は少し前に『白金月子《しろかねつきこ》』という著者の本をオンデマンド印刷による受注生産で出版したが、その著者は友人で、すでに故人だと話したからだ。白金月子はアルビノで、縁は彼女に扮《ふん》することでハンターの一人を釣り上げた。

作品の主人公になりきって小説を書き、そのたびに外見をコロコロ変える縁には化けることなど朝飯前だ。だが、その化け方は扮装などという生やさしいものではなく、肌からして他者になりきってしまうのだ。なぜ、そんな芸当ができるのか。

「庵堂さんの父親が庵堂昌明で、再生皮膚の権威なら……」

変装と呼ぶには巧妙すぎる縁の化け様にも納得がいくというものだ。

疑問のひとつに答えを出せても、真壁はさらに首を傾げる。そこはいい。そこはいいとしても、庵堂の父親が殺人犯で、被害者の月子が縁の友人とはどういうことか。友人を殺した男の息子を、どうして秘書に雇っているのか。

縁と庵堂、二人の関係がますますわからなくなってくる。

真壁は検索を重ねたが、それらしき事件は一向にヒットしてこなかった。この件をリークしてきた編集者も、『特殊な世界の話でご存じないかと思いますが』と言っていた。スタッフの女性を殺して自殺。加害者が逃亡せずに自死して状況が即時判明した場合は、報道されず、情報として残り難いのかもしれない。そういう事件は一体どれほどあるのだろうか。

『再生皮膚　権威』で検索を続けると、アンチエイジングや皮膚再生治療の第一人者の記事が上がってきたが、庵堂昌明の名前はなかった。情報を絞って名前だけ打ち込んでもヒットしない。庵堂貴一と庵堂昌明の関係だけでも確定したいと真壁は思い、手を替え品を替えて検索を続けてみたが、殺人事件も学術的記事も見つけることはできなかった。

当該データに行き着かなくても、興味深い情報を見るとつい読んでしまう。そしてまた別角度から検索を始める。そうこうするうち、真壁はふっと思い立った。縁と庵堂が事務所にしている奇妙な建物について調べてみればいいのではないかと。

船橋《ふなばし》駅から車で約二十分。住宅街にあるその建物は、居住用に作られた物件ではない。そこに作家がいることを周囲の人は知らないだろうし、外観的にも人が住んでいるとは思われない。住所を打ち込んで地図アプリケーションにつないでみると、当該建物は空き地に加工され、建物があることすらわからないようになっていた。真壁と蒲田以外に個人情報を漏《も》らさない縁だから、それも納得できるが、まさかこれほどまでに用心を重ねていたとは驚きだ。だが、少なくとも縁たちが住み始める前にそこが何だったかは調べられるのではないか。

「そうか……」

と、真壁は呟いた。最新データだからこうなっているが、古い時代の記録があれば建物の名称が書かれているかもしれない。アナログの古い地図にならら。

真壁はとある会社のホームページにアクセスした。日本全国津々浦々の住宅地図を作成販売している会社だ。現在はデータによる出力サービスが主流だが、かつては場所ごとに地図を作って販売していた。その会社なら版下をデータで保存しているのではないか。

ホームページの依頼書に雨宮縁事務所周辺の地籍を書き込んで、同じ場所の二十年前の地図データが欲しいと伝えた。こんな時間だからすぐに返事は来ないとしても、データを探してもらえる可能性は高い。

仕事を終えた同僚たちが次々にデスクを去っていく。「お疲れ様でした」と繰り返しているうちに、住宅地図の会社から返信が来た。なんと、その場所の地図データを送って来てくれたのだ。仕事が早いのは出版社だからか、それともＡＩによってサービスできるよう構築されているのだろうか。いずれにしても助かった。プリントアウトせず画像だけで確認すると、その一帯は現在のような住宅地ではなく、空き地の中に建物の外形がポツンとあるような状態だった。しかも建物に名称がついている。旧字体で『医学研究所』。脇に小さく『庵堂昌明』と書かれていた。

「やったぞ……」

真壁は興奮で血が滾《たぎ》った。それが何の研究をしていた施設か、もっと詳しい何かが書かれていると期待したがそれはない。だが、少なくとも謎のひとつは解けた。間違いない、縁の秘書の庵堂は、殺人を犯して自殺した庵堂昌明の縁故者だ。

「よし……よし」

と真壁は心で自分に言った。庵堂を探れば縁の正体がわかるかもしれない。庵堂昌明が何者で、庵堂貴一は何者か、そして縁とどんなつながりをもっているのか。そこを掘り下げれば、事実は小説よりも奇なりのノンフィクション本はさらに面白くなるだろう。

検索の結果に満足して顔を上げると、フロアに誰もいなくなっていた。明かりは真壁のデスクだけに点《つ》き、ほかはあまりに薄暗い。ブラインドを下げた窓越しに街の明かりが照り返すばかりだ。

「うわ、ヤベえ」

スマホを見ると着信マークが付いている。まだ遅くなりそうかと妻から連絡があったのは、すでに一時間半も前だった。真壁は慌《あわ》てて返信し、パソコンを閉じてデスクの上を片付けた。

時刻は午後九時を過ぎ、社の正面玄関は閉じてしまった。警備室の前を通って裏口から退社するために、編集部を出て廊下を進み、エレベーターを呼ぶ。非常灯しかない廊下は薄気味悪く、安普請《やすぶしん》のパーティションが寒々しい。床に置かれた書籍の箱や、その上に載せられた雑誌などが、いかにも出版社のようだと当たり前のことを考えていると、エレベーターが到着した。

「お、真壁くん。仕事熱心だな」

扉が開くと、乗っていた同期が真壁に笑った。

先にエレベーターに乗っていたのは森山《もりやま》という男で、今では社の看板ビジネス雑誌『ゴールド』の編集長になって日夜数字と格闘している。一方真壁は自分の作りたい本を作るのに懸命で、出世は端《はな》から眼中にない。奇態な本ばかり作りたがるので数字を持つ役職には抜擢《ばってき》されないし、される気もない。出版社には大抵こんな編集者が何人かいて、名物本を作っている。エレベーターに乗り込むと、相手も退社するところらしく一階フロアが押されていた。

「森山くんこそ、顔を見るのは久しぶりだな……どうだい、雑誌の売り上げは」

訊《き》くと森山は皮肉な笑い方をした。

「ダメダメ。新規購読者が取れにくくなってきちゃったし……紙の時代は終わったのかもしれないなあ。うちもＷＥＢ版オンリーに移行しそうだよ」

「そうか……それは残念だな」

「紙の本がいいのになぁ……だいたいさ、世間が忙しすぎるんだよな。本を読む時間が『贅沢《ぜいたく》』になっちまったんだ……娯楽に使う時間はあっても、贅沢だと淘汰《とうた》されちゃうからさ」

「世知辛《せちがら》いなあ……そうやって人間は、人間らしさを失っていくんだな」

「まったくだ。それより真壁くん、たまにはどうだい」

と、ジョッキを傾ける仕草をする。

そんな気もないくせに、相変わらず外面だけはいい奴《やつ》だ。

「なに言ってんだ、まだ月曜日じゃないか。飲み会は、まあ、そのうちに――」

と、真壁はいなした。

「――熱を入れて仕事してたら、女房から『帰れコール』が来ていてさ、一時間半もすっぽかしたままだったんだよな。だから今夜は帰らないとマズい」

「愛されてる証拠じゃないか、羨《うらや》ましい――」

　森山に腕を小突かれた。

「――うちなんか、飼ってる犬を通さなきゃ会話も成り立たないもんな。あっちもあっちで犬を通して話をするよ。『ねー、チビちゃん、お父さんはひどいわよねえ？』ってなもんだ。だから俺も言うんだよ。『そんなことないよなあ？　ひどいのはお母さんのほうだよなあ？』ってさ」

「なんか漫才みたいだな、ま、うちもご同様だよ。ペットはいないが」

「直接会話できるならペットなんかいらないんだよ。だが、あれはあれで可愛《かわい》いぞ？　なんたって、必ず出迎えに来てくれるからな」

　森山は自虐《じぎゃく》的に「わはは」と笑う。

　そうこうするうち一階に着いた。ロビーもすでに明かりを落として、外からウインドウ越しに見える場所だけにピクチャーライトが照っている。鏡のようになったガラスにしょぼくれた男二人が映り込み、真壁はそっと視線を逸らした。

　セキュリティゲートに社員証をかざすと、警備室から守衛が出てくる。真壁は森山と一緒に警備室のほうへと向かい、裏路地に面していて明かりが乏しい通用口を守衛が開けてくれるのを待った。今夜の守衛はまだ若く、新人らしい。ドアを開けてくれながら、「お疲れ様です」と頭を下げた。

「ありがとう」

と、言って出ようとしたとき、

「真壁さーん！」

警備室から声がした。

森山も立ち止まり、真壁と一緒に年配の守衛が出てくるのを待つ。

「いや、すみません、お疲れ様です」

年配の守衛はよく知る顔だ。身体を左右に揺らしながらそばまで来ると、

「ああ、よかった。実は、丈光《たけみつ》先生のお車を預かっているんですがね」

と言う。丈光は黄金新書という学術系部門で本を出している歴史学者だ。学者仲間と飲みに出るとき、黄金社の駐車場を都合よく使う癖がある。

「丈光先生かー。また近くで飲んでるのかな」

と、森山が笑う。

「それともなに？　先生の車を擦《こす》ったとか、ぶつけちゃったとか？」

真壁が心配して訊くと、年配の守衛は苦笑した。

「いやいや、そうじゃあないんです。そうじゃなくって、助手席のウインドウが半開きになってるんですよ。ここにあるうちは心配ないと思うけど、あとで何か言われても嫌なので……」

「またか」

と、森山は首をすくめた。

「助手席、運転席、後部座席……あの先生は、いつもどっかの窓が開けっぱなしなんだよ。ロックしてあるだけいいってなもんだ」

そう言うと耳のあたりで手を振った。後はよろしくというのである。

真壁は駐車場のほうへ首を伸ばしてみたが、警備室から車が見えるわけもない。森山は出て行き、真壁だけが残された。


守衛と一緒に地下駐車場まで行くと、確かに助手席側の窓が数センチほど開いている。車内に荷物は置かれていないが、指先は入って腕は入らない微妙な隙間だ。何か突っ込んでドアを開けることは容易《たやす》いだろう。関係者以外は入って来ない駐車場だが、何かあっても責任は取れないと守衛は言う。

「いつもそうなんですよねえ。私だったら『窓は大丈夫ですか？』と聞いたんですが、今日は若いのが担当していて、丈光先生とは初めてだったんで……」

「しょうがないなぁ」

仕方なく、真壁はスマホで学者先生に電話した。呼び出し音を聞くことしばし、

「はーい……丈光でーす」

と、えらく機嫌のいい声がした。バックが騒がしいから宴もたけなわのようである。

「どうも夜分にすみません。黄金社の真壁ですが……」

車の助手席側の窓が開いていますと伝えると、先方はすっかり出来上がった声で、

「ああ。悪いねえ。つい風を入れたくなっちゃってねえ。大丈夫、盗まれるような物は入っていません……あれですよ。露天じゃないから濡《ぬ》れる心配もないですし、佳《よ》きに計らってくださいよ」

と笑う。駐車場が地下なので、雨が降っても吹き込んだりする心配はないということだ。もしかするとこの先生は、だからいつも黄金社に車を駐《と》めに来るのではないかと思う。窓が開いていることに気がついて連絡したという事実だけがあればいいので、真壁はすぐに電話を切った。

守衛に礼を言われて社を出ると、すでに森山の姿はなくて、裏路地が切り取った建物の隙間に灰色の夜空が覗《のぞ》いていた。


原稿やゲラを持ち帰り、自宅で深夜まで仕事することの多い編集者は出社時間が遅い。そして出社前のひとときが、一日のうちで最もリラックスできる時間だったりする。

午前八時半出社の妻は家を出るのも早いから、真壁は妻が出勤したあと、ゆっくり起き

て、インスタントコーヒーで眠気を覚まし、身支度を調《ととの》えて家を出てから手頃な店を探して朝食を摂《と》る。一人娘を嫁に出したら夫婦や家族の感覚は薄れたが、これはこれでつかず離れずの関係が心地よい。互いを案じてメールはするが、互いに仕事を優先し、敢《あ》えて時間を合わせるようなことは、もうしない。まさに大人の関係だ。

森山と話した夜から二日が経《た》った十四日水曜の朝。

真壁が下着姿でリビングへ行くと、妻はすでに出勤し、テーブルに飲み残しの紅茶が入ったマグカップが出しっぱなしになっていた。慌ただしく化粧をした跡があり、組み合わせに悩んだブラウスなどがソファの背もたれに引っかけてある。真壁は妻のカップをシンクへ運び、湯が沸くまでに洗って水切りカゴに伏せ、自分用にインスタントコーヒーを入れると、立って飲みながらスマホでメールをチェックした。リビングにふと目をやれば、昨夜脱ぎっぱなしにした靴下がソファの下に落ちていたのでつまんで拾い、洗濯機に放り込んでから洗面台で頭と顔を洗って歯を磨く。クロゼットからワイシャツを出して身体にまとい、ボタンを止める前にキッチンへ戻ってコーヒーの残りを飲み干した。自分のマグカップもきれいに洗って伏せてから、シンクに飛び散った水滴をダスターで拭《ふ》き上げる。

深夜の自宅は仕事が進むが、朝の自宅は色々なものが見えすぎて、片付けたくなってしまってダメだ。出勤準備を終えたら素早く家を出ないと、掃除洗濯から冷蔵庫に残された食品の賞味期限までチェックしたくなる。妻は三歳年上で、やはり業界関係者だ。バリバ

リと仕事をこなす姿に憧《あこが》れて付き合いはじめ、終始リードを奪われたまま一緒になったが、

「ま……惚《ほ》れた弱みだ……仕方ない」

眉尻を下げて自分に言った。妻が散らかした衣類がシワにならないようハンガーに掛け直しているとスマホが鳴った。縁の事務所にメールしたのは二日前。連絡がないので、こっちも送ったことを忘れかけていた。

リビングの時計を見ると、午前九時になっていた。

「はい。黄金社の真壁です」

朝なのに、メールではなく電話してきたのはなぜだろう。俺の朝が遅いのは知っているはずだがなあ。

「起きてた？」

と、縁の声がした。この作家は執筆中の作品によって声色も変わるから、今日は誰だろうと考えながら、（あー、面倒臭え）と首を掻く。

「起きてますよ。もう九時じゃないですか」

俺をよほどのポンコツ編集者だと思ってやがるな。そもそも、寝ているかもと案じるのなら、午前中に電話なんかしてくるな。

「だよね、よかった」

と、縁は笑う。どのキャラなのかわからない。

「でも、まだ出勤してないでしょ。真壁さんって十時前に会社にいたことないもんね」

確かに家を出てないし、これからファミレスで朝食を摂《と》りながら今日のスケジュールを組むんだよ。シャツのボタンを片手で止めてネクタイを選ぶと、昨夜カウンターの椅子《いす》に引っかけておいた上着を抱えた。

「メールした件ですか？　次のプロットとスケジュールについて」

「え？　ああ、そういえばメールもらっていたね……企画、通してくれてありがとう」

悪びれもせずにそんなことを言う。真壁は眉間《みけん》に縦皺《たてじわ》を刻《きざ》んだ。

「は？　じゃ、なんのご用で電話をくださったんですか？」

上着と鞄《かばん》を一緒くたに抱えて玄関へ向かいながら訊ねると、

「なんのご用って……お見舞《みま》いだけど……」

縁は静かな声で言う。

お見舞い？　お見舞いってなんだ？　上着に袖《そで》を通しながら、からかわれているのだろうかと真壁は思い、意地悪に笑う縁の顔を想像した。なぜか『黄昏《たそがれ》のマダム探偵《たんてい》・響《ひびき》鬼文《ふみ》佳《か》』のビジュアルが浮かぶ。ゴージャスな中年美女が好みド真ん中だからかもしれない。

「お見舞いですか？　俺はいたって元気ですけど」

眉根を寄せてそう言った。深酒もしてないし、仕事が忙しすぎて酒を飲むヒマすらないから、肝臓はいつになく元気なはずである。

「もしかして、知らないの？　ニュースを見てよ。テレビよりネットのほうが早いかな……『黄金社　遺体』で検索すればヒットするから」

「え？」

どうやら本当に見舞いの電話だったようだ。真壁は慌ててスマホで検索しようとしたが、縁と通話の最中だ。裏でアプリを起動して検索できるほど操作に長《た》けていないから、

「ちょっと待ってくださいよ――」

と断りを入れて、鞄からノートパソコンを引っ張り出した。玄関にしゃがんでパソコンを起動する。

「――いったいなんです？　遺体って……」

誰かが馬鹿をやらかしたのかと思って訊いた。スキャンダルや不穏な噂は耳にしていない。それにしても遺体とは……遺体の本なんか出したかなあ？　考えながらパスワードを打ち込んだ。

「出た？」

と、縁が訊いたので、

「まだですよ、待ってください」

と、冷たく答えた。ブラウザを起動させ、『黄金社　遺体』と入力する。ニュース速報がパラパラと現れ、モニターに見出しの文字が躍った。

【秋葉原《あきはばら》駅近くに男性の遺体　神田川《かんだがわ》の釣り人が発見】

【神田川で発見の遺体　黄金社の雑誌編集長M氏と判明】

「……なんだこりゃ」

真壁は呟き、正座した。二枚目の記事には、ブルーシートで隠しつつ遺体を移動させていく警察官の写真が添えられている。

【十三日　午前四時過ぎ　地下鉄秋葉原駅近くの神田川へウナギ釣りに来た五十代男性が、防護柵と護岸の隙間にうつ伏せで倒れている男性を発見して一一〇番通報したが、間もなく死亡が確認された。万世橋《まんせいばし》警察署が死因や身元確認を急いでいる】

【十三日早朝に地下鉄秋葉原駅近くの神田川で見つかったサラリーマン風の男性は、持ち物などから黄金社勤務の雑誌編集長森山忠敬《ただたか》さん（48）であるとわかった。男性の頸部《けいぶ》には傷があり、死因は失血死とみられる。万世橋警察署は事件と事故の両面で捜査を始めた】

最初の記事はともかく、身元判明の記事が出たのはついさっき、午前九時のことである。話し中のスマホが震え、妻からメッセージが入ったことを知る。あいつもニュースを観《み》たのだろう。

「どう?」

と、縁がまた訊いた。真壁は低く唸《うな》っていた。

「やっぱり真壁さんの知り合いなんだね」

真壁は無言で頭《かぶり》を振ると、

「いや……え。全然知りませんでした……知らないっていうか、事件のことは……」

言い訳のように小さく答えた。

スマホがまたも震えている。社から電話が来ているようだ。

「すみません。キャッチが入ったようなので」

なんだか知らんが、会社が大騒ぎになっていることだけは想像できた。失血死だって? 頸部に傷ってどういうことだ? 酔って転んで頭を打って、それで死んだというならいざ知らず……森山と話したのは企画会議があった月曜の夜だ。あの日は九時過ぎまで会社にいたわけで、あれから独りで飲みに出たとして、酔うほど酒を飲む時間なんかあったのか? いやいや、酔って転んだわけじゃないんだ。スマホがまた震えている。キャッチに切り替えるのはどうやったっけ? くそ。考えていると縁が言った。

「わかった。じゃ、また後で」

相手が通話を切ったので、真壁はさらにニュースを調べた。似《に》たようなタイトルの記事は複数出たが、どれも要領を得ない内容ばかりだ。秋葉原駅の近くで男の死体が見つかっ

て、それが黄金社勤務の雑誌編集長だということだけを書いている。妻のメッセージを確認すると、

――大丈夫？　森山さんが亡くなったって聞いたけど――

と、書かれていた。遠い昔の話になるが、森山は結婚式にも出てくれて、妻も彼を知っている。念の為《ため》にほかのメッセージも確認すると、ノンフィクション局の部下がこんなことを言ってきていた。

――お疲れ様です。『ビジネス雑誌ゴールド』編集長の森山さんが亡くなりました。ところで今日は何時頃に出社されますか？――

「……マジか……」

と、ひとこと呟いて、真壁は先に妻へ返信した。

――もうそんな話になっているのか？――

向こうもすぐに返してきた。

――やっぱり本当だったのね？　『ゴールド』の編集長って聞いたから――

――さっきニュースで名前が出たよ　森山とは話したばかりで　なんだかわからん　とりあえず会社へ行ってくる――

――わかった　気を付けて行ってらっしゃい――

出勤準備で忙しいとき、服が出しっぱなしになるのは仕方ないとして、せめてシワにな

らないように広げて置けよ、と言うつもりだったのに、もはやどうでもよくなった。ノンフィクション局に電話をかけるとメッセージを送ってきた部下が出て、

「ああ、真壁さん。何時頃になりそうですか？」

と、いきなり訊いた。

「すぐに向かうよ。でも、本当に森山か？　どうして」

「森山さんで間違いないみたいです。鞄が川に落ちていて、中に再校ゲラと色校を持っていたようで」

「うわ、マジか」

「控えは取ってあったんですが、著者と直接やりとりして書き込んだ分は編集長が持っていて、警察からはすぐに戻してもらえないということで、いま、編集部は大わらわです。変更があったかわからないので、手分けして著者に確認しているところです」

「締切は？」

「そこなんですよ。編集長が直接印刷所へ届けることになっていたのにまだ来ていないと、昨日印刷所から電話があって、こっちでも行方を捜していたところだったんです。事情が事情なのでギリギリまで延ばしてもらって……なんとかしないとマズいですしね」

編集長が死んだこともだが、雑誌に穴が空くのはゾッとする。せめて鞄が濡れなかったら……いや、案ずるべきはそこじゃない。でもなあ……と、真壁は唇を嚙む。

「わかった。俺もすぐ手伝いに行く」

「や、それもですけど、そうじゃなく」

部下はやや低めの声で、

「警察が、真壁さんに話を訊きたいと」

「俺に話を？　なんでだよ」

「退社するとき真壁さんと一緒だったからだそうです。防犯カメラに映っていたと」

「ああ」

と、真壁は頷いた。確かに通用口から一緒に出た。いや、出なかった。丈光先生の車の件で守衛に呼び止められてしまったからだ。エレベーターは一緒だったが、大した話はしていないし、森山に変わった様子もなかった。あいつ……ホントに死んだのか……真壁は背筋がゾッとした。

人はこれほど簡単に、この世からオサラバできるのか。

数々のノンフィクション本に携わるなかで運命の残酷さは厭《いや》というほど知ってきたのに、それが身近に起きたと聞くと疑わしく思うのはなぜだろう。再びパソコンを鞄にしまい、首に掛けていたネクタイを結ぶと、真壁はようやくマンションを出た。

メディアや警察関係者の車輛《しやりよう》が大挙して押しかけているのではないかと案じたが、黄金社のビルに通じる小道に入ると、いつも通りに静かであった。午前中のオフィス街は閑散《かんさん》として、IDカードホルダーを下げた会社員がチラホラと通りを歩いている。警察車輛はどこにも見えず、本社ビルに近づくにつれ、(そうだ、うちの会社には地下駐車場があったんだ)と、当たり前のことを考えた。

しかしそれも正面玄関までで、ロビーへ入ると社内の空気がピリピリしていた。受付スタッフの表情は強《こわ》ばり、真壁を見ると腰を浮かせてメッセージがあることを無言で示した。入館ゲートへ向かわずに受付カウンターへ近づくと、

「先に警備室へ寄って欲しいとのことです」

スタッフが真壁に囁《ささや》いた。部下からも概要を知らされていたので、本館へ向かうことなく、通用口へと向かう。その先の狭い廊下には、あの晩の若い守衛が立っていた。ゲートにIDをかざして通過するとき、

「きみも話を訊かれたの?」

話しかけると若い守衛は、「はい」と真壁に頷いた。

「真壁さんでしたよね? 警備室でカメラを見ながら話を聞かせて欲しいそうです」

どうやら若い守衛は自分を待っていたようだ。真壁は彼について警備室へ行き、窓から覗くだけだった部屋へ入った。

警備室はふたつに分かれていて、手前に事務と監視用ブースが、奥に倉庫を兼ねた休憩室がある。社員が窓から覗き込むだけでは見えない守衛デスクの奥へ入ると、壁面にモニターが並んでいた。その前にあの晩の守衛が座り、刑事らしき男女が椅子の後ろに立っている。ノックの音に気付いて彼らは振り向き、若い守衛は真壁を残して出て行った。

「ノンフィクション局の真壁です」

真壁は言って、頭を下げた。

「ああ、どうも。お忙しいところを恐縮です」

刑事は男のほうが年配の五十絡《がら》みで、女のほうは三十前後という感じであった。サッと警察手帳を提示して、部署も階級も名乗ることなく、

「少しお話しを聞かせてください」

と、言葉だけは丁寧に言った。

『森山編集長のことですか？』などと真壁は訊かない。平素と同じ表情で、

「かまいませんよ」

と答えるだけだ。様々な本を作ってきた真壁には、警視庁捜査一課に竹田《たけだ》というベテラン刑事の知り合いがいる。ネチっこくて、脂《あぶら》ぎっていて、口の悪い竹田に比べれば、この二人なんか子供のようだ。相手の出方を見ていると、ようやく男性刑事が名乗った。

「万世橋署の山本《やまもと》です」

「毛利《もうり》です」

女性刑事も頭を下げる。早速という体《てい》で捜査手帳を取り出すと、山本が訊いた。

「『雑誌ゴールド』の編集長をしておられた森山さんとは、同期入社だったそうですね」

「そうです」

刑事は上目遣いに真壁を一瞥《いちべつ》した。

「森山さんが亡くなられたことは？」

「やっぱり森山なんですね？　ネットニュースでやっていたのは」

口に出して刑事に訊いたとき、初めて胸に痛みを感じた。

あいつ、ホントに死んだのか。

「森山さんで間違いないと思います」

毛利刑事が横から言った。小柄で小太りで目が細く、竹田刑事のようなおかっぱ頭だ。

「伺いたいのは、こちらの映像なんですが」

刑事らの間に座ってモニターを操作していた老齢の守衛が、椅子を回して真壁を見上げ、かすかに首をすくめて見せた。（私も色々訊かれたんですよ）と、その表情が語っている。

刑事の指示で二日前の映像を呼び出す。エレベーターに乗り合わせ、馬鹿話をしながら一階ロビーへ下りてくるときの映像と、通用口から出ようとしてこの守衛に呼び止められ、真壁が残って森山が出て行くまでの短い記録だ。

「エレベーターに森山さんと乗り合わせたのは偶然ですか？」

「そうですよ」

白黒の画像に映る自分は思っているよりオッサン臭い。俺も老けたが森山も老けた。互いに苦笑しているのは愛犬を通してでないと会話が成り立たないなどと、家庭の愚痴《ぐち》を言っていたからだ。奴の誘いに乗って一杯付き合っていたならば、森山は死なずに済んだのだろうか。戦士のように仕事をしてきた仲間の姿を見ていると、いらぬ感情がわき上がってきそうで怖い。森山よ、なぜ死んだ？

「このときはどんなお話をされていましたか」

毛利という刑事が訊いた。

「雑誌の売り上げが低迷したとか、そういう話です」

森山がジョッキを傾ける仕草のところで、山本という刑事がまた訊いてくる。

「それだけですか？　そのあと飲みに誘われたりは」

「しましたけど、あんなのは社交辞令ですよ。互いに家庭持ちですし、編集者は仕事で飲むので、同僚と行くような気力もなかったし。いえ、森山は知らないが、私は疲れていましたので」

「……なるほど」

と、刑事は言って手帳にメモした。

「他になにか気になるようなことはなかったでしょうか。どんなに些細《ささい》なことでもいいのですが、森山さんに普段と変わったことは」

「普段から一緒に仕事をしているわけじゃないですからね。向こうは編集長だし、俺は局が違うので。たまたまあの夜は帰る時間が重なったというだけですよ」

そんなことはタイムカードで調べ済みだろうと思ったが、話してやった。この刑事は二人とも表情がなくて胡散臭《うさんくさ》い。竹田のほうがまだ、毒舌で嫌みなだけ人間味を感じるというものだ。モニターの映像は、二人が守衛に呼び止められて、森山が先に出て行くところで切れた。そのときのことも、真壁は丁寧《ていねい》に説明した。作家先生が社に車を駐めていて、窓が開いていると伝える為に自分は残って電話した。外に出ると森山の姿はすでになく、自分は真《ま》っ直《す》ぐ家に帰った。それだって、時間はかかるとしても、街中の防犯カメラ映像を調べれば自分が一緒でなかったことはわかるはずだ。そう考えて、森山が死んだ場所にもカメラがあっただろうかと思う。カメラがあれば何が起きたかすぐわかる。それでも聞き込みに来たということは、現場は死角になっていたのだろうか。

「事故じゃないってことですか」

死因は頸部からの出血と書かれていた。編集者の血が騒ぐ。

「その可能性があるので捜査しています」

山本刑事が答え、

「申し訳ありませんが、お名刺を一枚頂戴しても？」

と手を出した。先にそっちが寄こせ、と思ったけれど、真壁はポケットに手を突っ込んで、自分の名刺を一枚だけ渡した。名刺だってタダじゃないんだ、無駄に配るつもりはこれっぽっちだってない。山本刑事はそれを手帳に挟《はさ》むと、

「お手間を取らせてすみません。また何かあったら連絡させて頂くかもしれません」

早々に話を終わらせようとするので、さらに訊《たず》ねた。

「ネットニュースで失血死だと読みました。殴られたり、刺されたりした痕《あと》があったんですか」

刑事二人は相変わらずのポーカーフェイスで、

「なかなかね……お話しできないこともありまして」

と、作り笑いでお茶を濁した。

撲殺《ぼくさつ》だったのか、刺殺だったのか、いずれにしても死因はあながち外れていないのだろう。真壁は刑事らに促されて警備室を出たが、たった数分話しただけで、気持ちがささくれてどうにもならなくなった。森山と死の直前に言葉を交わしたこともそうだが、殺人かもしれないことにはショックを受けた。改めて本館へ向かうゲートを通過し、エレベーターを呼んで、考える。

いつだったか、世界では毎日どれくらいの人が死んでいるのか調べてみたことがある。あの時のデータで十五万人近かった。死因は飢《う》えや内乱、事故、病気、自死、もちろん寿命もあっただろうが、犯罪の犠牲者と知られないまま、事故や自然死で処理された案件はどれほど含まれていたのかわからない。作家雨宮縁は、隠れた犯罪の犠牲者は多いはずだといつも言う。身近に犯罪犠牲者が出てもあまり驚くことじゃないとでも言いたげに。

いかん、いかん。

チン！　と音がしてエレベーターが到着したとき、真壁はブルンと頭を振った。すっかり縁に毒された。まだ誰も知らない犯罪が密《ひそ》かに横行しているなどと、怖《こわ》い話ばかり聞かせるからだ。しかも荒唐無稽なストーリーをクソ真面目《まじめ》な顔で語るから、うっかり信じてしまうじゃないか。

エレベーターに乗り込むと、デスクがあるフロアのボタンを押して、真壁は知らず苦笑した。

荒唐無稽というのなら、あるときは老人、あるときは青年、少女にも美熟女にも変化《へんげ》する雨宮縁の存在以上に荒唐無稽なことなんかない。あれをこの目で見ているからこそ、帝王アカデミーの月岡玲奈がハンターを育てているなどという話を信じてしまうのだ。

そしてまた考えて、今度はゾクゾクと背筋を震わせた。雨宮縁は奇態だが、少なくとも人間だ。だが、月岡玲奈の実母だという吉井加代子は……。

彼女と面会したときの衝撃を思い出し、ストレスを感じて吐き気がしてきた。

アレは一体なんなのか。変化する縁より、ずっと異様な実体を真壁に想起させるもの。それは吉井加代子という女の得体の知れなさと、バケモノじみた存在感だ。あんなモノがこの世に存在するのなら、ハンターだってなんだって、なにが存在していても、なにが起きていたとしても驚かない。縁なんかは可愛いほうだ。鼻先でエレベーターの扉が開くまで、真壁は思考に囚《とら》われていた。そして床に物が積まれた通路に出たとき、ようやく現実に戻れた気がした。

ノンフィクション局はいつもよりずっと騒然として、普段はデスクに貼り付いて作業している社員らが不安そうにあちらこちらで小さな群れを作っていた。

「ああ、真壁さん。どうでした？」

遅れて部屋に来る者が情報を持っているとでも思うのか、メールをくれた部下が走り寄って来て訊いた。真壁は彼を従えて自分のデスクへ行くと、鞄を開けて仕事道具を引っ張り出した。

「どうって、そっちのほうがどうなんだよ？　雑誌の締切、間に合いそうか？」

「確認とれない著者もいるようですが、もう再校だったので回してしまうと言っていました」

「そうなの？　間に合いそう？」

「間に合わせるんじゃないですか」

部下は目をパチクリさせてから、

「あれなんですって。最終データが届いていないと印刷所から連絡が来るまでは、誰も森山編集長のことを心配していなかったんですって。奥さんも出張中で、家に居なかったみたいだし……」

ああ、なるほど。愛犬が独り淋《さび》しく飼い主の帰りを待っていたから、それで森山は締切前のゲラを抱えて退社したのか。たまには一杯どうだというのは、やはり社交辞令だったんだ。

「それで、こっちが大騒ぎしているところへ警察から電話が入って……身元確認をして欲しいと言われて、課長が飛んで行ったんですけど……」

「石井《いしい》課長か？　ご苦労なことだ」

「その石井課長は、ショックでお休みしてるんですって――」

部下は声をひそめて言った。

「――森山編集長の奥さんのほうが遠くにいたので、代わりに遺体の確認をしたみたいですけど、あれってやっぱり……相当メンタルにくるものなんでしょうね」

想像すると、なんとも言えない気持ちになった。死体はただでさえ生前とは様子が違う。まして殺人の可能性がある同僚と安置室で面会するのは如何《いか》ほどか。真壁は失血死というキーワードを思い出して顔をしかめた。

「うちとしてはどう対応するんだ？」

「わかりません。役員が呼ばれて行ったので、『追って沙汰《さた》する』ってことじゃないでしょうか」

「まあ……そうだよなあ」

椅子を引いてデスクに座り、パソコンを定位置に置くと、部下がまた訊く。しつこくそばを動かないのは、不慮の事態に遭遇して興奮しているからだ。

「真壁さんこそどうだったんですか？　警察になにか訊かれたんでしょ？」

真壁はパソコンの電源ケーブルをつなぎながら、

「たまたま、最後の夜にエレベーターで乗り合わせたのが俺だったんだ。それだけさ」

と、答えた。

「マジすか。えっ、そのときなにか変わった様子はなかったんですか」

「刑事ドラマじゃないんだからさ。そんな様子があれば俺から警察に届け出てるよ。このフロアから下まで行って、通用口から出ただけの間に何かあるとか、そんな原稿を書いてくる作家がいたら差し戻すだろ？」

「……まあ……そうかも……ですけど……」

「いずれにしても、それを調べるのは俺たちじゃない。仕事しろよ、仕事を」

はあ、と彼は曖昧《あいまい》に言い、天井を睨《にら》んで首筋を揉んだ。

「なんつーか……仕事なんかできませんよね……編集長が変死だなんて」

「事件なのか、事故なのか、なに一つわかってないんだからさ、ここで油売っていたっていいことなんかひとつもないぞ？　部署の再編でゴタゴタする前に、たまった仕事を片付けとけよ」

「うわぁ……真壁さんって……シビアっすねえ」

シッシ、と蠅《はえ》を追い払うように手を振って、真壁はパソコンを立ち上げる。

そうしながら自分もやはり、森山のことを考えていた。彼に一体なにがあったか。通り魔か、物盗《と》りか、もしくはオヤジ狩り……が流行《はや》ったのは二十年以上も昔のことで、とっくに死語だ。部下にはそう言ってみたものの、モニター上を目が滑《すべ》るばかりで仕事に身が入らない。知り合いが死んだというのに、その原因がわからないからだ。

「クソ」

と真壁は呟いて、スケジュール帳を引き寄せた。


昼近くになると、やたらと腹が減ってきた。そういえば、この騒ぎで朝飯を食い損《そこ》ねた。仕事の段取りが穴だらけなのも、朝食を摂《と》りながら頭を整理する時間がなかったからだ。そんな日に限ってやたらとメールに着信がある。受信音が鳴っても放っておくのは、事件を知って連絡してくる者が多いのと、それにどう返信すべきかわからないからだ。いずれ総務から一斉《いっせい》メールが入って対応の仕方を指示される。それを待ってからコピペ返信すればいいやと考える。

時刻はまだ十一時半だが、仕事にならないなら早飯にしようと席を立つ。

さて、何を食べようか。外出する気力もないので社員食堂へ向かった。

豪華絢爛《ごうかけんらん》なランチを供する出版社もあるようだが、黄金社に入っている食堂は地元の会社で、日替わり定食の他にはカレー、ラーメン、うどんなど、定番のメニューしか置いていない。コーヒーは薄いし、紅茶は出がらしの味がする。せめて餃子《ギョーザ》があればいいのにと思いながら食堂に入り、もっともボリュームがある『日替わり定食』をチョイスした。定食は肉系か魚系か選べるようになっていて、本日は肉系が麻婆豆腐《マーボーどうふ》、魚系がアジフライだった。麻婆豆腐は豆腐だろう？　なんでこれが肉系なんだ、と、怒りを覚えたのでアジフライにして、小鉢と漬物とごはんを大盛りにしてくれるよう頼んだ。

早い時間に食堂を使う利点のひとつは、作りたてが食べられることにある。千切りキャベツの上で黄金のパン粉が音を立てているフライをトレーに載せると、大盛りごはんに味噌汁《みそしる》と漬物と小鉢を揃《そろ》えてテーブルへ運び、いざ食べようとしたときに、お茶がないことに気がついた。油が躍っているうちに一口食べたいと思いつつ、急いでお茶を汲《く》んで戻ると、胸でスマホが震え始めた。

「んだよ」

ブツクサ言いながらスマホを出した。フライの半身にウスターソースをかけながら電話に出ると、

「おう。色々と大変なことになってんじゃねえか」

聞き慣れた中年男の声がした。

千切りキャベツの隣《となり》に漬物を移し、空いた漬物皿に酢と醤油《しょうゆ》を入れて混ぜながら、

「あ、どうも。竹田刑事じゃないですか」

と、真壁は答える。

声の主は警視庁捜査一課所属のネチっこいベテラン刑事だ。

「俺でガッカリってな口ぶりだな。美人の先生からとでも思ったか」

片手で皿を持ち上げてフライの半身に酢醤油をかけた。衣がタレを吸い込む前に齧《かじ》るのが至福なので、真壁はスマホをちょいと離して熱々の身にかぶりつく。次は飯にいきたいところだ。

「……竹田さんも人が悪いな」

モグモグしながら真壁は答えた。その美人キャラが先生の変装であることは、竹田もよく知っている。早く飯を喰《く》いたいと思いつつ、

「今日はなんです?」

と、社交辞令のように訊く。

「なんです、だあ？　そっちの会社はいまシッチャカメッチャカになってるんじゃねえのかよ。編集長が死んじまってさ」

恨みがましくフライを見ながら真壁は答える。なんと、そっちの話だったか。

「シッチャカメッチャカになんか、なってませんよ。多少ザワついているだけです。竹田さんこそ、どうしたんです？　え、まさか、捜査本部《ちょうば》に出張《でば》ってるんですか？」

「どうかなあ……詳しいことは言えねえなあ」

そういうことなら話は別だ。真壁は定食のトレーを押しやると、手帳を出してテーブルに置いた。耳と肩の間にスマホを挟み、ペンを手にして頁をめくる。

「あれってどういう事件だったんですか？」

「だから言えねえっつってんだろうが」

「それじゃ、なんで私に電話してきたんです？　おかしいでしょう」

「うむ……それなんだがよ……」

竹田も声をひそめている。この刑事は事件解決に手段を選ばぬ一面がある。真壁との付き合いも長く、ここしばらくは縁が眼んだ事件の捜査に参加して、白星をいくつも挙げているのだ。

「お宅の編集長が死んだ件だが、例の作家先生が何か言ってきてねえかと思ってよ。知ってんだろ？　あの先生のことだから、黄金社の社員が変死体で見つかったって」

「ははあん……それで……」

と、期待を持たせるような言い方を、真壁はした。

「変死体って、どういうことです？　もちろん雨宮先生から電話は来ましたよ。朝早く」

午前九時は『早く』もないが、とりあえずそう言った。

「そうかよ？　さすがだな。で？　なんか言ってたか」

縁が何を言ったと思うのか。真壁としては被害者が黄金社勤務だったから、とりあえず見舞いの電話をしてきただけだと感じたが、竹田が連絡してくるのは普通じゃないぞ。

考えて、言葉を濁した。

「まあ……で？」

「で？　じゃねえよ」

と、竹田は吠《ほ》えた。

「あの作家先生は胡散臭くてかなわねえ。前にもらった名刺だけどよ、オンボロ事務所に電話したら、『現在使われていません』で、事務所へ行ったら、取り壊しの準備が始まってたぞ」

「えっ、先生の事務所へ、ですか？　うちの近くの」

「そうだよ。あの化け物屋敷みてえなオンボロビルだよ。あんたに連れられて行ったときから妙だったがよ、ものの見事にもぬけの殻《から》だよ」

「それって、いつの話です？」

「今だよ、いま。だからおめえに電話してんじゃねえか」

迂闊《うかつ》にも、面白すぎて噴きそうになった。なるほど、竹田刑事は近くにいるのか。

帝王アカデミーと戦うために、縁は正体を明かさない。姿も変えれば住所も変えてしまうのだ。つい最近も神保町《じんぼうちょう》に新しく事務所を借りたなどと言うから、変だなあと思ったんだ。ハンターを一人仕留めて、また地下へ潜ったということか。縁の本拠地を知っているのが自分と蒲田だけだということに、真壁は微《かす》かな優越感を抱いている。

「先生に話があるなら、俺から取り次ぎましょうか」

「おうよ。そうしてもらえるとありがてえなあ」

「なんて伝えればいいですか？」

「俺が連絡を欲しがっていると言ってくれ。ちょいとお知恵を拝借したいと」

なるほど、なるほど。森山の事件は、どうやら根が深そうだ。純粋な興味の他にも、真壁はこう考えた。あの先生と仕事以外で絡むなら、ただの使いっ走りをやらされるのは割に合わない。深呼吸して、朗らかに言う。

「だけど先生は忙しいから、連絡して来るかわかりませんよ」

「あ？　たった今、朝早くに電話が来たと言ったじゃねえか」

「言いましたけど、それは向こうの都合で掛けてきたのであって、こっちからメールした用件については、二日もほっぽらかされてるんですよ」

そしてさらに一押しする。

「雨宮先生は興味本位で、興味がなければ電話に出ないし、メールの返事も寄こさないいんです」

「それで仕事になるのかよ」

「ま、私以外の編集者じゃムリでしょうね。操縦のコツを押さえているから仕事になるというわけで」

「何言ってやがる。他の会社からも本を出してるだろうがよ」

「うちが一番出版部数を稼いでいます。うちがメインで他はサブです」

竹田は「チッ」と舌打ちをした。

「コツは……竹田さんも薄々わかっているんじゃないですか？　用件で先生の興味を惹ければいいんですよ。そうすればすぐに連絡が付くと思いますけどね」

竹田は三秒くらい考えてから、

「絶対に漏らすなよ？」

と、声をひそめた。

「お宅の編集長様だがよ……普通のコロシと違うんだ」

「……え」

　よもやそういう話とは思わず、息を呑《の》む。

「先《ま》ず、あれは立派なコロシだよ。死因は喉《のど》を切られたことによる失血死。凶器はメスのような鋭い刃物だ。遺体は護岸の法面《のりめん》にうつ伏せた状態で発見された。法面ってわかるか？　河川に向かって斜めになったところだぞ？　手すりの外側な？　まあ、そりゃどうでもいいか……死体の様子からして即死に近かったと俺は思うが、問題は、死後に遺体が『加工』されていたってことだ」

「……加工とは？」

　竹田は「へん」と鼻を鳴らした。

「続きは本編でお楽しみください。どうだ？　先生は電話をくれそうか？」

　真壁は「はい」と答えてから、森山の身にそんなことが起きていたのかと考えた。なんてことだ、酷《ひど》すぎる。あいつはお調子者だが人に怨《うら》まれるようなタイプではない。喉を切られて失血死、しかも加工？　指先が冷え、竹田がなぜ電話してきたのかわかる気がした。理解できない殺人者の思考を、縁なら説明できると思ったのだろう。同時に真壁も考えが閃《ひらめ》いた。

「先生と連絡を取って、竹田さんに電話するよう言えばいいんですね」

「助かるよ」

相手が通話を切る前に、真壁は言った。

「待ってください。実は、俺も竹田さんにお願いがあって、ですね」

『私』とするべき一人称を、わざと『俺』と言ってみる。竹田は、

「ああっ？」

と、いかにも不機嫌な声を出したが、ここで怯《ひる》んでは仕事にならない。

真壁はテーブルに身を乗り出した。

「本庁のデータファイルを当たって欲しいんですよ。いえ、すでに終わった事件ですが、調べても資料がほとんど出てこなくて、ほとほと困っているんです」

「終わった事件をほじくり返して余計な詮索するってか？　それを本にして稼ごうって魂《こん》胆《たん》か」

「そんなことあるわけないじゃないですか。本にするのは別件ですが、版元として嘘《うそ》を書くわけにもいかないから、しっかり当たっておこうというだけの話です」

「言い訳してんじゃねえよ。なんの事件だ？」

真壁は手帳をなぞりながら言う。

「再生皮膚の権威だった医学博士が、スタッフの女性を殺して自殺した事件です」

「あ？　んなのはただの愛憎殺人だろ？　面白くもなんともねえや。そんな本を誰が買うんだ」

「だから、その話を本にするわけじゃなく、どんな事件だったか知りたいだけなんですけどね」

竹田はまたも舌打ちをして、

「いつの事件だ？」

と訊いた。

事件の日付はわからない。だが、片桐一家殺傷事件の直後に発生したと聞いたから、

「十五年前から十三年前くらいだと思うんですが、日付すらわからないんです。でも、自死した博士の名前はわかります。庵堂昌明。『まだれ』の『いおり』の『庵』、堂は『お堂』の『どう』ですね。『まさ』は一日の『日《にち》』を重ねた『ひらび』の『昌』で、『あき』は『明るい』の『明』です」

「あ、ん、ど、う、昌明、な？　被害者の名前もわかってんのか？」

「桐生月子。桐生市の『桐生』に月星の『月』、あとは『子』ですね」

「おう、わかったよ。調べてみるから、そっちも必ず連絡させてくれよ」

竹田が電話を切ったあと、真壁は冷めたフライや味噌汁を、ぬるくなったお茶でかっこんだ。

# 第二章　笑う死に顔

竹田が『取り壊し準備が始まっていた』と語った縁の事務所は、最初から取り壊し予定の廃ビルだった。わずかな間だけ事務所としたのは、『スマイル・ハンター』を出版すれば月岡玲奈が作者の身辺調査を始めるだろうと見越したからだ。新作に書かれているのは誰も気付けなかった犯罪の暴露だ。登場人物も手口も実在した事故や自殺を模していて、裏で暗躍したハンターの存在や犯行動機にも触れ、その根源が帝王アカデミーグループにあることも匂わせている。

ハンター予備軍がグループの医療機関で治療を受けると、医師が彼らの歪《ゆが》んだ願望を肯定する。医師にハンターを作り出している自覚はなく、グループのメソッドに従っているだけだ。しかしハンター予備軍は治療やカウンセリングに通ううち、願望を欲望にまで高めてしまう。そうした者たちのなかから玲奈のお眼鏡《めがね》に適《かな》った者だけが次の『治療』へ進むのだ。次の治療では、ハンター予備軍をハンターに仕立て上げる指導者がいるのか、もしくは玲奈がそれをするのか、確かなことはわかっていない。とにかく選民意識と使命を与えられたハンターが世に放たれて、欲望を正義に置き換え、利己的な目的の犯罪に手を染める。

　作中では、これらが悪意による壮大な洗脳実験で、しかも単なる遊びであることも描かれる。帝王アカデミーグループの総帥《そうすい》月岡玲奈とその母親が、快楽のためにやっているのだ。時には互いが作り出したハンターの優劣を競っているのではないかと、縁自身は考えている。よって、新刊『スマイル・ハンター』が帝王アカデミーグループの医師たちの目に触れたなら、これは自分の患者のことではないかと気付く医師がいるだろうし、月岡玲奈が読んだなら、自分たちへの宣戦布告と捉えるだろう。

　そしてきっと知りたがる。雨宮縁とは何者か。

　刊行時に廃ビルを事務所にしたのは、敵を欺《あざむ》き、攻撃から身を守るため。長居しないのも同じ理由だ。月岡玲奈と吉井加代子、ソシオパスとサイコパスの犯罪者母娘《おやこ》と敵対するのは無数の敵に宣戦布告するに等しい。帝王アカデミーグループと関係する者は誰でもハンターにされ得るし、利用されているだけだと気付きもしない。治療、面談、講演会、インタビューに悩み相談、ときには商談をしていてさえも、取り込まれていくことがある。彼女たちは他人を自在に操《あやつ》るが、操られた者は己《おのれ》の意思だと信じてしまう。そこに二人の狡猾《こうかつ》さがあり、罪を証明するのは難しい。

真壁が竹田と話した午後に、作家雨宮縁は、秘書の庵堂貴一が所有する建物でビデオ映像に見入っていた。それは縁が執筆に使っている部屋で、ガランとした室内に椅子《いす》とデスクだけが置かれている。

ノートパソコンのモニターで見る白黒映像は八王子にある特殊精神科病棟のもので、普通病室より明らかに広い室内に女性二人の姿があった。一人は月岡玲奈で、もう一人は母親の吉井加代子だ。玲奈はセーターに白いタイトスカート、ヒール付きの靴《くつ》を履《は》いている。対して加代子はつなぎ姿で裸足《はだし》のままだ。映像に色はないけれど、つなぎは目立つ臙《えん》脂色《じいろ》だったと庵堂が言っていた。加代子は痩《や》せて、髪は短く、ベッドに腰掛けている。これは縁と庵堂が当該施設から不法にコピーしてきたもので、音声はないが、アップにすれば唇の動きはなんとか追える。縁は加代子の唇に目を凝らす。吉井加代子は笑っている。小馬鹿にしたような微笑《ほほえ》みを、ずっと唇に貼《は》り付けている。前歯にプロテクターをはめているから、口元が不自然で、B級ホラー映画に出てくるモンスターのようだ。

「も、う、い、ち、ど……かな」

と、縁は呟《つぶや》く。そのように唇が動いて見える。巻き戻して、確認する。

「もう一度言って」

間違いないと思ったので、紙にメモした。

映像は続いている。母娘二人の様子は微妙だ。親しげではないし、険悪でもない。二人が母娘と知る者はほとんどいないし、雰囲気が違いすぎるので血縁と勘《かん》ぐる者もいないだろう。病院の経営者と凶悪な患者であるはずの二人が、鉄柵と金網でブロックされた特殊病室に一緒にいたのはなぜなのか。縁はそれを知りたいのだ。

残念ながら、応じる玲奈の唇を読むことはできない。カメラに背を向けているからだ。対面にある窓に姿が映り込んでいればいいのに、窓はパネルで塞《ふさ》がれている。吉井加代子がハンターを操る手段として窓を塞ぎ、特別なときにだけ病棟の下に佇《たたず》む信者に祝祭として自分の姿を拝ませていたせいだと、そう思っていたのだが、

「もしかして玲奈が、ガラスに映り込まないようにしていたの……かな……」

玲奈の背中を見て呟いた。母娘では加代子が主導権を握っていると考えていたが、今では玲奈も力をつけて、母親に対して策を巡らせているのだろうか。監視カメラに自分の顔や表情が映り込まないよう、玲奈が窓にパネルを置いた、もしくは加代子がパネルを置きたくなるように仕組んだとすれば、二人の間に何かが起き始めているのかもしれない。

縁は無意識のまま、自分の腹に手を当てた。

このシーンが撮影されたとき、外界では連続猟奇殺人事件が起きていた。

加代子が洗脳したハンターが、満月の夜に女性たちを狩っていたのだ。このあとハンターは病棟を囲む森に来て、戦利品を加代子に捧《ささ》げる。二人はそれをこの病室から見学していた。窓を塞いだパネルを外して、高笑いしながら眺めていた。満月の森に響いた加代子

の声を、縁は決して忘れない。耳について離れなくなった高笑いが、縁の過去を呼び覚ます。指先が凍る程に冷たくなって、バクバクと心臓が躍り始める。

犯罪被害者は、たとえ命が助かったとしても、魂の半分以上を削られる。それまで生きた世界は壊れ、恐怖の波に沈められる。安心できる場所など最初からなかったのだということを知り、そのときの衝撃、そのときの恐怖、そのときの痛みに怯《おび》え続ける。肉体は生き長らえても、魂と心と感情を喪《うしな》う。誰もが被害者になり得ると知ったら、二度と普通には生きられない。

コツコツというノックの音で、縁はハッと呼吸した。知らずに息を止めていたのだ。あの時に引き戻されると、いつも呼吸が止まってしまう。息を殺して妹を守り、恐怖に耐えていたときの記憶が肉体を支配するからだ。十数年経《た》った今でさえ、あの時の恐怖がフラッシュバックすることがある。犯罪は被害者の魂を殺すのだ。

顔を上げたときドアが開いて、隙間から庵堂が顔を出した。長身瘦軀《そうく》で長髪の庵堂は、白シャツにブルージーンを好んで着ている。昔はもっとお洒落《しゃれ》に気を遣《つか》っていたはずだけど、父親と恋人を喪ってからは似《に》たような服しか選ばなくなった。彼もまた魂の一部を殺されたのだ。

「真壁さんから電話です」

庵堂は勝手に部屋へ入ってくると、仕事用のスマホを縁に渡した。

「やっと少し落ち着いたのかな。真壁さんも呑気《のんき》だよね。ボクが電話するまでニュースを見てもいなかったんだから」

庵堂は縁のパソコンにイヤホンを挿《さ》し、スマホの音声を共有して頷《うなず》いた。彼がイヤホンを装着するのを待ってから、縁は真壁と通話を始める。

「替わりました。雨宮です」

「黄金社の真壁です。今朝《けさ》はどうもすみませんでした」

「大変だったね。心からお悔やみを申し上げます」

殊勝に頭を下げてから、

「打ち合わせの件かな？」

と、縁は訊《き》いた。前のメールに打ち合わせしたいと書かれていたし、こちらから返信もしていなかったからだ。

「それもですけど……先生のご都合は如何《いかが》です？」

縁は庵堂の顔を見た。彼が頷いたので、縁は言った。

「今なら真壁さんの都合に合わせられるよ」

「そうですか……じゃあ……」

真壁は少し考えてから、

「実は、うちの編集長の不幸のことで」

と、打ち合わせ内容とは別の話を切り出した。

「うん。なに?」

「警視庁捜査一課の竹田刑事が先生の事務所へ行ったようでね」

縁は庵堂と視線を交わす。あの廃ビルは、もう取り壊し工事が始まっているだろう。

「……さすがに古くて引き払ったんだよ。そういえば、その旨伝えてなかったね」

上目遣いに庵堂を見ながら言う。跡形もなく痕跡を消してきたから、行っても何も見つからないし、そもそも契約すら交わしていない。侵入して勝手に事務所に使っただけだ。それにしても、どうして刑事が事務所へ行ったりしたんだろう。

「まあ、それはいいんですが、竹田さんが連絡欲しいと言ってるんですよ。電話も通じなければ事務所もないって。珍しく自ら足を運んだようで、ちょっと怒っていましたけどね」

真壁は少し大げさに言う。

「どうしてボクに連絡欲しいの?」

「お知恵を拝借したいそうで」

「なんの知恵?」

効果をもたらすように一呼吸置いてから、重々しい声で真壁は言った。

「……実は、うちの編集長の件なんですよ。事故じゃなくて殺人だったみたいで……」

自分たちのことを調べに来たわけではなさそうで、縁は少しホッとした。庵堂はデスクの端《はし》に腰をかけ、イヤホンを押さえて聞き耳を立てている。

「森山編集長は喉を切られていたそうです。しかも死体が加工されてると」

「加工？　どんな？」

「だから連絡を欲しいそうです。俺にはそれしか教えてくれないんですよ」

縁らは互いの表情を確かめ合った。余計な話にかかずらっている暇などないと、庵堂は首を左右に振ったが、縁は『でも』と口パクで訴えた。庵堂は胡乱《うろん》な表情のまま、いきなり声に出して喋《しゃべ》った。スマホ越しに真壁が聞くと見越してのことだ。

「やめてください。真壁さんだから取り次ぎましたが、他の出版社からも電話があって、おおわらわなんですよ？　俺が止めたのにシリーズを次々に完結させてしまうから、雨宮は作家をやめるつもりなのかとネットで噂《うわさ》になっていますしね。他の出版社へも、まだどういう返事もできていないんですから。余計な事件に首を突っ込んでいる場合じゃありません」

「そうだけど、『ハンターを炙《あぶ》り出すのに忙しいから本を書いてる時間がない』なんて、真壁さん以外の編集者には言えないじゃないか」

「正直に話せとは言ってません。対応を早く決めてくださいと言ってるんです。毎度、毎度、連絡を受けるのは俺なんですよ？　どう答えればいいっていうんです」

二人がヒートアップするのを聞いて、

「いや、電話だけしてくれればいいんですけどね」

真壁も必死に割り込んだ。縁が竹田に連絡しないと、欲しい情報が手に入らない。

「真壁さんがどうしても電話して欲しいって」

縁が笑って言うと、庵堂はスマホをひったくった。

「お世話になります。庵堂です」

「……どうも」

庵堂が真壁と話し始めたので、縁は立ち上がって庵堂の脇へ行き、スマホに耳を近づけた。イヤホンをしている庵堂は、口の前にスマホを構えて喋っている。

「雨宮の好きそうなネタで釣って、捜査の意見を聞きたいってことですか？　雨宮は物好きですから、捜査の話を聞けば暴走するかもしれません。そんなことに時間を取られて、次の執筆にかかれなくなってもいいんですか」

「いや、それは困る」

「ですよね？　こちらは真壁さんから企画が通ったとメールをもらって、スケジュールを組もうとしていたんですが」

「ぜひお願いします。こっちも蒲田くんを押さえたし、できれば九月で刊行予定を組みたいのですが――」

庵堂がジロリとした目で縁を見ると、縁は諦めたように首をすくめた。

「――あと、メールにも書いていたように、俺としては、もう少しプロットの内容を詰めておきたいんですがねえ」

「オッケー、いいよ」

と、縁が答える。庵堂は別のスマホを出してスケジュールを確認した。

「では、今週末ではいかがでしょう。真壁さんのご都合は？」

「いいですねえ。こちらへおいでになりますか？」

縁は首を左右に振った。

作家の正体を見極めようと、玲奈が黄金社を見張らせている可能性もある。敵の動向を確かめるまでは、迂闊《うかつ》に出向くと危険を招く。庵堂は縁から目を逸《そ》らし、

「場所はこちらで用意します」

と、答えた。縁が横から手を伸ばし、スマホを奪って真壁に言った。

「竹田刑事もそこへ呼んでよ。そうすれば真壁さんも顔が立つし、ボクも時間を無駄にしなくて済むでしょ？」

そして、「ね？　庵堂」と、ニッコリ笑った。

庵堂はまたも縁を睨《にら》んだが、スマホに向かって事務的な口調で、

「では店を予約してメールしますね。そちらは二名でよろしいですか？」

「すみません。竹田刑事には俺から連絡しますので」

通話を切ると、庵堂はイヤホンを外しながら文句を言った。

「請《こ》われて刑事に会うなんて、一体どういう了見だ?……ミステリー作家を気取って捜査一課の相談役にでもなったつもりですか」

眉間に縦皺《たてじわ》を刻んでいる。

顔立ちが整っているから余計に、ムッとした庵堂は迫力がある。

「そうじゃないけど、気にならない? 死体に加工ってなんだろう」

「そう見えたというだけで、竹田刑事の考えすぎか、美人の『響鬼文佳』に会いたいだけかもしれないでしょう。死体を加工するサイコな野郎が、そこら中に転がっているとでも思うんですか」

縁は庵堂の瞳《ひとみ》を覗《のぞ》き込み、ほんの数秒考えてから、言葉を選んでゆっくり言った。

「竹田刑事はベテランだ。偶然か、加工か、見てわからないはずがない。それに、ちょっとゾッとしたのは……」

「なんです?」

縁は口元に指を当て、視線を床に逸らして言った。

「事故じゃなくて殺人だったってところだよ。しかも加工……黄金社の雑誌編集長が」

「だから?」

「だから話を聞かないと。考え過ぎならそれでいい……考え過ぎだった場合は適当に意見を言って、あとは警察に任せるからさ。手は出さない、ホントだよ」

「ほ、ん、と、う、ですね？」

と、庵堂が念を押す。縁が頷くのを見ると、今度は大きな溜息《ためいき》を吐《つ》いた。

「……店はどこを選びますか？　有楽町《ゆうらくちょう》のガード下？　それとも竹田刑事行きつけのバーにしますか？」

「個室がいいな。捜査資料を持ってくるかもしれないから、スタッフが勝手に出入りしない店がいい。隣《となり》の部屋に話し声が聞こえないような」

「ナポリタンはなくてもいいんですか？」

訊かれて縁は思わず笑う。

「イヤだけど我慢する。『逃げタコ』の店はまた今度」

庵堂が部屋を出て行くと、縁は再びデスクに座り、監視カメラ映像の解析を続けた。

縁の執筆室を出た庵堂は、ドアを閉めた途端に一瞬だけ目を閉じた。

ナポリタンの話をしたとき縁が見せた素の笑みを、頭から振り払うためだった。

様々な人物に化け続けたために本当の自分を忘れてしまったと縁は言うが、ほんの一時、たとえば今の一瞬のように、庵堂の記憶にある顔や表情を垣間見《かいま》せることがある。すると庵堂も思い出してしまうのだ。縁に対する怒りや憎しみ、絶望に喪失感、耐えがたい苦しみ。庵堂は祈るように指を組み、指先が手の甲に食い込むほど力を込めた。背中をドアに預けて目を瞑《つぶ》り、俯《うつむ》いてその手で額を叩《たた》く。固く閉じた瞼《まぶた》に浮かぶのは、縁と初めて出会った夜だ。

――貴一、貴一、ちょっと来てくれ！――

風雨が猛《たけ》り狂う夜だった。病院に救急車両が横付けされて、二台のストレッチャーが警察関係者付きでやって来た。酷《ひど》い事件が起きて被害に遭った子供たちだと父親は言った。男の子と女の子……庵堂は、固く組んだ指に自分の額を押しつける。

――あの子、何も言わないの――

次に浮かんだのは恋人の顔だ。白磁のような肌で白い髪、月子という名の優しい人だ。

――喋れないわけじゃないと思うの。でも、何も言わないの――

あんな目に遭ったのだから当然だ、と、庵堂は彼女に言った。

なにを心配しているのかと。

――喋らずに思っていることよ。頭の中で何が起きているのか知りたいの。あれは子供の目じゃないわ。怖かったのはわかるけど、ストレスを抱えたら喋って外に出さないと、自分で自分を殺してしまう。それが怖いの。だけどあの子は何も言おうとしないのよ――

喋ろうと喋れまいと、彼が助かる保証はないと、父親も庵堂も考えていた。けれど月子は少年を案じ、少年が回復することを信じて、片時もそばを離れようとしなかった。刑事も毎日訪ねて来た。病人が口を利《き》けるようになるのを待っていたのだ。

庵堂は顔を上げて、歩き始めた。

さっきの笑顔をどこで見たのか思い出した。

月子は毎日野の花を摘《つ》んで病室へ届けた。しゃがんで探さなければ見つからないような、小さくてみすぼらしい花を摘み、小ビンに挿して窓辺に置いた。野生の花はすぐに落ちてしまうから、翌日はまた新しい花を挿す。

そして庵堂は回診のとき、さっきの笑顔に出会ったのだった。

少年が月子だけに向けた笑みを、庵堂は清々《すがすが》しい気持ちで眺めた。月子の真心が死神に勝ったと思ったからだ。そんな彼女が誇らしかったし、愛してもいた。あんなことになるとも知らず。

この建物は再生皮膚の研究所として父が建造したものだ。父の死後、母は庵堂家から籍を抜き、病院を手放して実家に帰った。姉弟とは連絡もつかないままだ。殺人者の家族という汚名を捨てたくなるのは当然だから、庵堂はその後、家族の誰とも連絡すら取ってはいない。

長男だった庵堂はここを相続したが、縁と再び会うまでは感情の行き場を失って建物を放置したままにしておいた。無機質なコンクリートの階段を下りるとき、庵堂はそこにまだ貼り付いている過去を見る。当時、病院の霊安室で、父親は少年の死体を見せた。白い布をめくると、救ったはずの彼が死んでいた。妹の臓器を移植して一度はとりとめたはずの命であった。月子に微笑むほどに回復していたはずだった。

けれども少年は紛れもなく、作り物のようにきれいな顔で死んでいた。

——あの子が死んだよ——

と、父親は言った。

——死亡診断書は私が書いた。連絡して遺体を引き取りに来てもらう——

経過はよかったのに、なぜ？　と訊くと、彼は答えた。貴一、おまえに頼みがあると。

嵐の夜に運び込まれた急患が片桐家の子供たちだったということに、当初は気付く余裕がなかった。命を救うことが最優先で、それしか考えられなかったから。

自宅に暴漢が押し入って夫妻を殺害、子供二人に瀕死《ひんし》の重傷を負わせたことは、直後に刑事から聞かされた。助かったのはただ一人。家を留守にしていた長女の玲奈で、父はその不可解さにすぐ気付いたのに違いない。

今にして思えば納得できる。生前の片桐医師は、親友だった父にだけ相談していたのではなかろうか。殺人鬼吉井加代子の娘を養子に迎えること、その娘が普通と少し違うこと、そして生活を共にするうちに、片桐医師が彼女を恐れるようになっていたことも。

――片桐家の代理人が遺体を引き取りに来るそうだ。納棺を手伝ってやってくれ――

瀕死の患者を救って一年。生き残った片桐家の長女は大学生になっていた。長女は毎週日曜に見舞いに来たが、父は決して少年と二人では会わせなかった。ところが、あれほど熱心に見舞いに来ていたというのに、少年が死んでしまったとわかると、遺体の引き取りを業者に任せて、長女は立ち会いもしなかった。業者は遺体の写真を撮って、それを依頼主に見せると言った。少年の葬儀が執《と》り行われたかもわからない。医療費は弁護士が振り込んできて、月子は弟を喪《うしな》ったように泣き、そうしてまた日常が戻ったある日のこと、庵堂はこの建物に来るよう父から言われた。

一階には研究施設があった。今は設備を縮小し、かたちばかりの応接室と、縁を化けさせるための準備室、あとは寝室と空き室になっている。長い廊下は足元のみに明かりがあって、片面のはめ込みガラスに庭の玉砂利が透けている。セキュリティは万全ながら、石で周囲を囲っているのは足音をさせるためである。電気系統のセキュリティは配線を切られてしまえば稼働しない。

ああ、そうだ。あのときも、あいつは笑っていたなと思う。

業者の納棺を手伝ってまでして送ったはずの少年がこの、と、庵堂は縁が使っている部屋を見た。この部屋のベッドにいるのを見せられて、俺はどんな顔をしただろう。

父は死体に人工皮膚を貼りつけて少年の身代わりにした。外科医には研修用の遺体が必要で、それらは献体として手に入る。解剖や医療技術の向上のために使わせてもらった後で遺族が望めばお返しするが、世の中には返却を望まない人もいる。そうした場合、献体はこちらで丁寧に葬ることになる。つまり、死んだ体は一般人が思うよりも容易《たやす》く手に入るのだ。父はそうした遺体を使い、技術を駆使して少年の死体を創った。生き残った長女にそれを渡して、長男は死んだと思わせた。

玲奈もそれで満足した。善良な片桐家に入り込み、財産を乗っ取ることが目的だったわけだから、遺族の死亡証明書さえあればよかった。

――貴一、頼む――

と、父親は言った。今はまだ上手く説明できないが、いずれこの子が真実を暴くかもしれないと。

――この世には生粋《きっすい》の悪が存在するのだ。そういう相手に対しては、水も漏らさぬ準備をしても過ぎるということはない。脅威が去ったら私がこの子の戸籍を復活させる。それまでこの子を守ってやってくれ――

少年は存在を亡き者とされたが、それで去った脅威は義姉の殺意だけだった。彼がこの後も生き続けるには、免疫抑制剤が必要だ。

――戸籍を復活できるまでは、おまえが融通してやってくれ。絶対にこの子を死なせるな——

親父《おやじ》は何を考えているんだ。犯人は逮捕されたし、脅威なんかない。

——そんな単純な話じゃないんだ。それを証明できるなら、そもそも事件は起きずに済んだ。私だって、実際にこの目で見るまでは片桐の話を信じなかった。いいか？　片桐家は狙われたんだ。今回の事件は何年もかけて計画されたものだったんだ。おまえを巻き込むつもりはないが、私の病院には免疫抑制剤を必要とする患者がもういない。だからもし、うちから薬が出ていることを知られたら、この子が生きていることがバレてしまうかもしれない——

誰に？　と、庵堂は訊《たず》ねたけれど、父は明確には答えなかった。ただ少年の肩に手を置くと、

「この子は自分で名前を決めた」

と言った。今後はその名で呼ぶように。

少年はニッと笑った。月子が案じていた通り、ゾッとするような笑みだった。

——嵐の夜にボクは生まれた。だから苗字は雨宮にする。あの夜を決して忘れないように。名前は縁にしようと思う。先生たちと月子さん、みんながくれた命だから……片桐涼真《りょうま》はもういない。彼はあの夜、殺されたんだ——

週末の夜。庵堂と縁は大手町《おおてまち》にある会席料理の店へ向かった。

熱い料理は熱いうちに、冷たい料理は冷たいときに供すのが身上の店だが、無理を言って配膳の手間を減らしてもらい、個室を密談の場所とした。もちろん警視庁捜査一課の竹田刑事に配慮してのことである。捜査権も逮捕権もない縁らは、今までも竹田を使ってハンターを追い詰めてきた。その竹田にいささかの厚意を返すのは仁義に則《のっと》った対応だ。

五月の宵《よい》は爽《さわ》やかで、街路樹の緑が美しかった。縁らは互いの間に距離を置き、吉井加代子に顔を知られた庵堂が他人の素振りで先を行き、ずいぶん離れて縁が続いた。予約の店はビルの二階にあって、エレベーターで上がっていくと、霧除《きりよ》け庇《ひさし》に染め抜き暖簾《のれん》を配した入口脇で真壁と竹田が待っていた。庵堂が二人を連れて先にゆき、縁は独り客を装《よそお》って入店した。

全室個室の店である。庵堂らが通されたのは六畳間で、畳が掘り炬燵《ごたつ》風に切ってあり、向かい合わせに四客の座椅子が置かれていた。

遅れて入店した縁が仲居の案内で部屋に入ると、床の間を背にして座っていた竹田が怪《け》訝《げん》そうな顔でこちらを睨んだ。部屋を間違えて入って来たとでも思ったのだろう。その隣で真壁がニヤニヤ笑っている。縁がかまわず庵堂の隣に腰を下ろすと、竹田は目をパチクリさせて、縁と庵堂、そして真壁を順ぐりに見た。

「いや、すまん。お待たせしたね」

　老人の声色で縁が言うと、ついに真壁が笑い始めた。

「おい、こりゃ、いってえ何の冗談だ」

　と、竹田が不機嫌に言う。俺が呼んだのはこんな傾《かぶ》いたジジイじゃなくて、あの作家先生だぞ。どこのどいつを連れて来やがった、そう言いかけて、竹田は口をつぐんでしまった。対面の老人をじっと見て、卓上のおしぼりで脂ぎった額《ひたい》を拭いた。真壁が言う。

「これは雨宮先生のデビュー作『今昔捕り物長屋《こうこうや》』に出てくる『大屋東四郎』って爺《じい》さんですよ。長屋の大家で、普段は好々爺なんですが、店子《たなこ》を集めて謎を解くときだけは、仕立てのいい長羽織《ながばおり》に着替えて髑髏《どくろ》の羽織紐《ひも》を着け、舶来ものの眼鏡を掛けるって設定なんです。その鼻宛て付き眼鏡は『天眼通《てんがんつう》』と言って、『心中すべてお見通しだ』って決まり文句がラストの見せ場。累計九十万部を突破したシリーズで、もうちょっとでミリオンってところだったのに、先生はこの前、勝手に完結させちゃったんですよ」

　大屋東四郎に扮《ふん》した縁は七十前後の老人に見え、口元から覗く白い歯だけが不自然だった。響鬼文佳かオバサン事務員、もしくはさえないメガネの青年が来るだろうと思っていた竹田は、汚物でも見たように顔を背けて溜息を吐いた。

「刑事さん……どう見えようと中身は同じだ、落胆せずともよかろうよ」

　大屋東四郎はあぐらをかくと、羽織の裾をさばいて言った。天眼通が眼球を隠して、細い鼻梁《びりよう》と皺《しわ》の寄った口元しか見えないが、もはやそんなものはどうでもいいと言うように、竹田も座椅子にあぐらをかいた。

「料理が来ますが、飲み物は何がいいですか？」

庵堂が二人に訊ねる。

「こういう店はやっぱり日本酒じゃないですか？　俺は冷酒を頂きたいですね」

と真壁が答え、竹田は居心地悪そうにムスッとしている。

「では日本酒をお願いしますか」

庵堂が内線を掛けている隙《すき》に、真壁は鞄《かばん》から封筒を出して縁に渡した。薄いピンク色の封筒はすでに開封されている。

「いつもの人から来たものです。今回も丁寧に、びっちり書いてくれていますよ」

「これはすまんね」

大屋東四郎は封筒を受け、その場で開いて目を通し、畳んで着物の袷《あわせ》に差した。

「なんでえ、そりゃ、ファンレターとか言うヤツか？」

と、竹田が訊ねる。

「そうです。出版社にもよりますけれど、うちは基本的に、作家には取り次がない主義なんですが」

「黄金社さんは無粋でね、あたしが真壁さんにお願いして特別に読ませてもらってるんですよ。デビュー後に初めてもらった手紙もこの人からで、細かく丁寧に感想をくれるんだ」

　竹田は気味悪そうに縁を眺めて、おしぼりを引き寄せた。

「イマドキは感想もネットに上げる時代じゃねえのか？　奇特な読者もいるもんだなあ、おい」

「ひと頃よりは減りましたけど、手紙は来ますすよ。それに、この人はネットにも書評を上げてくれていて、うちとしてもありがたい読者さんで……大原《おおはら》さんと言いましたっけ？」

「大原節子《せつこ》さんですね。新刊が出れば他の出版社へも手紙をくれます」

　庵堂が席に戻って来て言った。

「先生様は読むのかよ？」

「読みますよ？　それが作家の冥利《みょうり》ですからね、ありがたく読ませて頂いてます」

「失礼します」

　と声がかかって、仲居が料理を運んで来たので、庵堂は仲居を手伝って冷酒グラスをそれぞれの前に置き、冷酒のボトルを手に取った。粋な器に品良く盛られた先付《つ》やお造りは竹田の好みでなさそうだったが、密談に選んだ場所なので致し方ない。酒が注がれて仲居が出て行き、四人だけになるのを待って、縁は早速切り出した。

「それで？　刑事さんはあたしに、どんな知恵をご所望なんです？」

器をいちいち手に持って口元まで運び、丼飯を喰うようにして先付を食べながら竹田は言った。

「混乱するから普通に話していいんだぜ？　見かけによって喋り方も変えるのか、器用なこった」

「あら、だって」

と、東四郎翁《おう》は笑う。

「この顔で響鬼文佳の喋りをしたら変でしょう？　無粋な刑事さんね」

文佳の声で喋るのを聞くと、竹田はますます不機嫌になって真壁を睨んだ。

「作家は変人ってオメエは言うがよ、こりゃ、変人を通り越してバケモノだな」

真壁のほうは慣れているのですましたものだ。手酌で冷酒を呷《あお》りながら、

「全員が全員じゃないですよ？　雨宮先生が特殊なだけで」

次には庵堂の酌を受け、それを見て竹田も冷酒を干した。

「さて、刑事さん。森山編集長のあれは、殺人だったそうだねえ？　喉を切られていたってな？　犯人は素人ではないということか」

竹田は縁の天眼通を睨み付け、

「他へは一切漏らすんじゃねえぞ？」

と凄《すご》んでみせた。気持ちを切り替えるようにグラスを置くと、またおしぼりで手を拭き

ながら、

「まあ、あれだ。ここんとこはあんたらのおかげで、世の中には頭のネジがイカレた連中がいるってことを思い知らされているんでな、真壁のとっつぁんの会社の編集長も『偶然そうなった』と見る捜査員は多いんだがよ……俺はどうも、そのへんが引っかかってな……まさか今度も、似たような事件が過去にあったって事例を知らねえかと思ってよ」

「似たような事件とは？」

庵堂が訊く。酌をしながら竹田の様子を窺《うかが》うと、彼は上着の内ポケットに手を入れて、折り畳んだ写真を引っ張り出した。テーブルに載せると、勿体《もったい》つけてすぐには開かず、

「被害者は知り合いなんだろ？　見ねえほうがいいかもな」

と、真壁に言った。

「森山と俺は同期入社です。事件の前、帰りにたまたまエレベーターで一緒になって、紙の本を売りたいなって話したところで……向こうは編集長で、ある程度の数字をもたされて、新規購読者が増えないって愚痴《ぐち》を聞かされたのが、まさか最後になるとは」

「ほう……真壁さん。それは何時頃のことかね？」

「午後の十時少し前だったんじゃないですかねえ」

「思ったよりも早い時間ですね。編集者のメールは夜中に来ますし、仕事が混むと泊まりがけになるものとばかり」

「昔はそうでしたけど、今はパソコンがありますからね。持ち帰ってからが本番ですよ」

「編集長でもそうなのかよ？　それとも大手は勤務形態も優遇されてるってか」

真壁はおしぼりで口を拭《ぬぐ》うと、煮物の椀《わん》を引き寄せた。

「福利厚生もセキュリティもうるさくなって、日を跨《また》いで社にいることはほとんどなくなりましたね。まあ、でも編集長ともなれば、終電で帰ることも多いと思いますよ」

「それじゃ、なにか？　その夜、早めに会社を出たのは、誰かと会う約束でもあったからかよ」

「それは違うと思います。その晩は奥さんが出張で留守だったから、犬の世話をするために帰ったんじゃないですか。森山も犬の話をしてましたから」

「どんな話かね」

縁が訊くと、真壁は哀愁漂う笑みを見せ、

「子供が全部片付いて、夫婦の会話も犬越しじゃないと成り立たないって話です」

「なんだよ、情けねえなあ」

首をすくめる竹田に向かって縁がスッと手を伸ばす。写真を見せろと言うのである。折れた写真を受け取ると、テーブルの下でそれを開いた。真壁からは見えない位置だ。

隣から庵堂も覗き込み、ややあってから、縁は言った。

「殺害直後に付けられた傷かね？」

真壁がピクリと顔を浮かせる。知り合いに起きた不幸など好んで見ようと思わないけれど、自分だけが蚊帳《かや》の外に置かれるのも面白くないという顔だ。

「直後も直後……ただ、まあ、そのときには絶命していたようだがな。当初は顔が血だらけで、怨《うら》んでいるヤツがそんな真似《まね》をしたのかと思ったんだが、そっちの傷に生活反応はなかったそうだ」

「……直後の傷というわけですか」

庵堂が言う。たまらず真壁も手を伸ばす。自分にも写真を見せろというのだ。

「大丈夫ですか？」

と、庵堂が訊く。真壁は頷き、縁から写真を渡してもらった。

血塗《ちまみ》れになった森山の遺体写真を見る覚悟をしたが、写っているのはすでに洗浄を済ませた顔だった。首から上だけを写してきたのは、そこに犯行の特徴があるからだ。真壁は写真に視線を注いで沈黙し、折り畳んで竹田に返すと、立ち上がって部屋を出て行った。

「だからやめとけって忠告したのに」

襖《ふすま》が閉まると竹田が言った。

「仕方なかろう。さすがの真壁氏も、見知らぬ誰かの惨状を見るのとは違う……それにしても、これを見て、『偶然そうなった』と言う捜査陣で大丈夫かね？　何が起きたら『偶然こうなる』と思うのか、某《それがし》にご教授願いたいものだねえ」

縁は言って、初めて冷酒を口に運んだ。

「やっぱりあんたもそう思うんだな？　これは故意に付けられた傷だと。似たような事件を知ってるのかよ。またぞろ『誰も気付いていない犯罪』だって言うんじゃなかろうな」

「そういう情報はありません」

庵堂が答え、縁に訊いた。

「どう思います？」

竹田が再び写真を渡すと、縁はそれをじっと見ていたが、一瞬だけ瞳を泳がせた。

写真は仰向《あおむ》けで解剖台に置かれた森山の顔を写している。鎖骨あたりから頭頂部までなので、喉の切り口もはっきり見える。傷は真横に一閃《いっせん》されて、気管を切断していた。出血もしたはずだが、一撃必殺を狙《ねら》うなら頸《けい》動脈を切るほうが楽だし早い。真壁は失血死と言ったが、被害者は呼吸困難で苦しんだはずだ。

「通り魔の犯行ならば、まだ続く」

と、縁は答えた。竹田が身を乗り出してくる。

「マジかよ、なぜそう思うんだ？」

縁はテーブルの中央に写真を広げ、真一文字に切られた喉を指でなぞった。

「凶器はメスのような鋭い刃物。犯人はおそらく真後ろから抱え込み、顔を仰向けて喉をかっ切った。頸動脈を狙わなかったのは返り血を浴びないためだろう」

「顔見知りの犯行か？」

「そうとも言えんよ」

天眼通の隙間から竹田を見つめて縁は言った。

「現場は秋葉原駅近くの川岸と聞いたが」

「おうよ。神田川と垂直に道路が走って、地下鉄秋葉原駅への人通りも多い場所だ。死亡推定時刻は午後十一時前後ってことだから、黄金社を出て真っ直ぐ現場へ行ったとして、時間的な齟齬《そご》はねえ。会社を出てから地下鉄に乗るまでの間に襲われたんだと思うがな」

「現場は防犯カメラの死角になっていたんですね？」

庵堂が訊いたとき、真壁が部屋へ戻ってきた。何も言わずに席に着き、テーブルに置かれた写真に目をやる。酒ではなく水を飲んでから、

「ただ殺されただけでも胸くそ悪いのに、こんなのが許されるはずありませんよ」

誰にともなくそう言った。大屋東四郎の顔で、縁は深く頷いた。

「特に親しい間柄でなくとも、体を密着させる方法はあるのではないかな。被害者は真壁氏の同僚で……おそらく人柄もよいのだろう……違うかな？」

訊かれて真壁は短く言った。

「普通にいい奴《やつ》ですよ」

「同夜、時間は十一時近く。通りには人が多かったとしても、発見者の五十男が人目を避

けてウナギ釣りする穴場だったら」

　縁の言葉に真壁が差し込む。

「あんな場所にウナギがいますか？」

「イマドキは変なものが流行《はや》るよな。発見者は、『東京のドブ川で天然ウナギを釣り上げる』ってのをネットで観《み》てよ、人目を忍んで釣りに来ていたんだよ」

「ならばそこは死角ということ……殺人も、こうすれば容易いのではないかね」

　縁はニヤリと笑って言った。

「すみません、友人が川に落ちたんです。手を貸してくれませんか」

「なに？」

　と、竹田は目を細め、自分がその場で声を掛けられたと想像してみた。

　川を跨ぐ通りは明るく、人通りも多いが、川沿いの小道には街灯がない。川面《かわも》は暗く、急な法面《のりめん》はコンクリートで、通路の際《きわ》には転落防止柵がある。そんなふうに声を掛けられたなら、落下した人を確認しようと柵に乗り出して川を見るだろう。呼び止めた者がそばに来て、『あそこです』と、指をさしても警戒しない。『そこ、あそこです』そう言いながら身体を密着させても気にすることはないだろう。

「ううむ」

　と、竹田は写真を見やる。川面を指した逆の手で額を摑《つか》んでのけぞらせ、喉をかっ切ってから身体を柵に預けておく。出血と呼吸困難で死亡するのを待って路肩に落とし、柵を乗り越えて加工を済ませ、法面に落とせば被害者を発見したときの姿勢になる……たしかにな、現場状況とも齟齬《そご》はない。

「いえ、やっぱり怨恨《えんこん》じゃないですか」

と、遺体写真を見て真壁が言った。

「この傷が死後に付けられたもので、ためらい傷じゃないと言うなら、そいつは森山を川っぷちに放り出してから、改めて顔を切り刻んだってことになる」

真壁の言うとおり、被害者は顔面を損傷している。静かに目を閉じた仏の顔は、鼻の真下を横一文字に切られた上に、右端から顎《あご》を通って左端まで、半円形の傷が付けられていた。刃物が鋭利なため傷は細い線に見え、弄《もてあそ》んだという感じはしない。人通りの多い場所の近くでそれをするのはリスクがあるし、絶命した相手をさらに傷つけた理由もわからない。

「竹田さんが言うように故意の傷に見えますね――」

自分のグラスを傾けながら、庵堂が首をひねった。

「――犯人は刃物の扱いにも人体の扱いにも長《た》けているようで、迷いなく切っている。よほど自信もあるのでしょうし、人通りの多い場所での犯行はスリルを求めるタイプとも言えそうですね」

「ふぅむ……初犯ではないかもしれんねえ」

縁が頷くと庵堂は、

「プロの見解はどうですか？」

と、竹田に目をやり、

「素人の思いつきではないでしょう。まして、さっき雨宮が言ったようなシチュエーションで被害者をおびき寄せたなら、人体を傷つけることに何の抵抗もない人間の仕業ということになる。そういう人間がなぜ、殺した上にわざわざ顔面を傷付けたのか。殺しに慣れた人間は余計なリスクを負わないだろうと思うのですが」

「秘書さんの言うとおりだな、けどよ、そういう連中の考えについちゃ、あんたらのほうが得意だろ？　なんつうか、異常な犯罪心理ってのがよ。俺はそこを聞かしてもらいてえんだよ」

「そりゃ大得意ですよ、ミステリー作家ですからね」

と真壁は言って、今度は水ではなく冷酒を飲んだ。手酌で注ぎ足し、呷っている。

縁は羽織の袖に腕を通すと、天眼通の隙間から写真を睨んだ。顔に疵《きず》を付けられた死者は眠るかのように目を閉じている。もはや苦しみを感じることはなく、むしろ自分の魂が肉体を離れた速さに呆《あき》れているかのようだ。

「どうなんだよ？　やっぱ異常者の仕業と思うか？」

「思う」

　と縁は簡潔に答えた。

「こいつを選んだのは偶然か？」

　竹田が訊くと縁はチラリと真壁を見たが、彼は写真から目を背けていて、縁の視線に気付かなかった。庵堂だけが縁の横顔を観察している。

「写真一枚で何もかもわかるほど、天眼通にも威力はないよ」

　縁はそう言うと、写真を畳んで竹田のほうへ押しやった。

「そちらは捜査を進めているはず。現場は被害者の行動圏か、通勤に使う道だったのか」

「それも含めて捜査は始まったばかりだからよ。もちろん普通に調べるが、こっちだって、すぐに何でもわかるわけじゃねえ」

「真壁さんが言うように、怨みを買う何かがあったのかもしれませんね」

「出版社ですからね……こっちにその気がなくても、電波な輩《やから》は湧きますすよ」

　真壁が答え、竹田も訊いた。

「昨今の作家先生はネットで普通に発言するだろ？　出版社と揉《も》めてるなんて話も溢《あふ》れているよな？　雑誌編集長なら余計に、逆恨みされたりってこともあるんじゃねえのか」

　真壁は竹田に冷たい一瞥《いちべつ》をくれた。

「作家が犯人だと言いたいんですか？　トラブルは普通にあると思いますけど、それが殺人につながりますか?……まあ、新人賞に送ったネタをパクって有名作家に書かせたなんて言いがかりをつけてくるアホもいますけどね、ネタだけなんか何の価値もないですし、パクったら読めるものになると思ってるところがダメなんですよ。そういう連中は出版をなめてます。考えれば考えるほど腹が立ってくるんですがね」

「……俺はよ」

と、竹田は真壁のグラスに酌をしながら、チラリと庵堂を見て言った。

「まあ、それなりに刑事を長くやってきたんだが……ここんとこずっと、理解不能な殺人事件ってえのを見てきてよ、ちょいと過敏になってんだよ……俺が何を考えてるか、知りたいか?」

「知りたいですね」

答えたのは庵堂だ。

竹田は自分のグラスにも酒を注ぎ、クーッと干してから言った。

「黄金社のまわりで起きた事件が多いってことだよ。今までのは、事件か事故かもわからなかったが、今回は明らかなコロシだぞ。そりゃ、偶然か?」

一瞬だけ妙な空気が六畳間を包んだ。冷酒はすでに空になり、テーブルの料理もあらかた空いた。竹田は視線を縁に移し、真壁はグラスを握ったままだ。庵堂が立ち上がり、内線で次の料理を頼む。振り返って、

「酒を追加しますか？」

と訊いた。

「いや、もういらねえ。それより熱い茶が欲しい」

竹田の言葉で真壁も酒を飲み干した。おかわり不要と言うので茶を頼み、メインの食事が運ばれたタイミングで席に戻った。

「うちが狙われてるとでも言いたいんですか」

真っ先に口を開いたのは真壁であった。汁椀の蓋《ふた》を開け、海老《えび》しんじょの香りを嗅《か》いでいる。

「それはこっちの台詞《セリフ》だよ。あんたたちはどうなんだ？　なんか俺に隠してることはねえのかよ？」

竹田の目が再び縁に向くと、縁は背筋を伸ばして顔を上げ、

「黄金社の社員を狙った……の、かもしれん」

誰にともなく言った。羽織の袖に突っ込んでいた腕を抜き、唇を弄びながら首をひねっている。

「事件当夜。真壁氏は被害者とエレベーターに乗り合わせたと言ったな？」

「そうですね。偶然ですけど」

真壁は汁椀を平らげている。庵堂も重ねて訊いた。

「二人一緒に帰ったわけではないんですよね？」

「違います。あの晩は学者先生がうちの駐車場に車を置いて飲みに出ていたんですが、窓が半開きだと守衛が言うので、俺が先生に電話して、話してる間に森山は帰っていきました」

縁は竹田に向かって手を伸ばし、写真をもう一度見せて欲しいと仕草で示した。湯気の立つ膳の中央で再び広げ、再び半円形の傷跡を指先でなぞった。

「……この傷だがねえ」

中指の背で天眼通を持ち上げてから、縁は言った。

「笑いのかたちに見えんかね？」

飯椀を持ち上げていた真壁が漬物を口に運ぶ手を止めて写真に目をやる。そして、

「……スマイル……」

と、呟いた。彼は突然箸を置き、食べ物を流し込むように茶を飲んだ。

「おい、なんだ？　スマイルってえのは、どういうことだ」

「当てつけだとでも思うんですか」

と、庵堂が訊く。東四郎に扮した縁から空々しい雰囲気が消え去っていた。

「おい、そりゃ、なんでえ？　是非とも聞かせてもらいてえもんだな」

「スマイル・ハンター……まさか……いや……」

縁は天眼通を外して、真壁に訊いた。

「真壁氏は、本を持っておらんのか？」

「持ってます」

真壁は鞄を引き寄せて、雨宮縁の『スマイル・ハンター』を一冊出した。それを竹田に手渡すと、

「小説なんぞ読んでるヒマは俺にはねえぞ？」

と、竹田は言った。答える真壁は深刻な表情だ。喉に物が詰まったような口調で、一字一句を嚙《か》みしめるようにして竹田に伝える。

「かもしれませんが、読んでもらうのが、一番、早いと思います。もしも森山に刻まれた傷がスマイルなら、リスクを犯してまで死体を損傷した理由に思い当たる節は、これしかないです」

竹田は改めて本を見下ろし、

「スマイル・ハンターのスマイルだってか——」と、唸った。

「——あんたら何を知っているんだ？」

「それも。読んでもらえばわかります」

真壁は次に正面を向き、縁の裸眼を見て言った。

「それを聞いたら、突然、思い出したことがあるんですがね。ちょうど、『ネスト・ハン

ター』の企画会議をしていたときに……」

鞄の脇に置いた上着を引き寄せ、分厚いスケジュール帳を引っ張り出すと、頁《ページ》をめくりながらあの日の記憶を呼び覚ます。

「ノーアポで受付に来た人物がいたんです……ええっと……」

受付スタッフから預かったメモは捨ててしまったが、手帳に書き込んでおいた気がする。

「あ、あった」

それは『トキワ』という三文字で、『原稿持ち込み?』と、走り書きがついていた。

「企画会議がどうしたんだよ?」

竹田に急《せ》かされて真壁は話す。

「雨宮先生の担当に会いたいと言って、トキワという男が受付に来たんです。会議中だったので連絡先を聞いておくよう頼んだんですが……や、まてよ? そういえば会議があった夜だよな? 森山と帰りが一緒になったのは」

「で?」

と、縁が先を促す。真壁は掘りごたつに伸ばした脚を上げ、座椅子に正座して言った。

「会議が終わってから受付へ行ってみたんですがね、名刺は置いてありませんでした。それで、念の為に録画ビデオで確認したら、まったく知らない相手だったし、てっきり原稿の持ち込みかなんかだろうと思って忘れていたんですが……今の話を聞いたら……だから、その晩のことですよ。ちょうど森山と帰るとき、裏口で守衛に呼び止められて……『真壁さーん』って」

縁と庵堂は顔を見合わせ、竹田が訊いた。

「そりゃ、なにか？　相手は昼間下見に来たが、オメエが出て来なかったから顔を確認できなくて、外で待ち伏せ、相手を間違えたとでも言いてえのかよ」

「うちは定時を過ぎると正面玄関が閉まるんですよ。すると裏から出るほかなくて、通用口の外は暗い路地です。守衛が俺の名前を呼ぶのを聞いて、俺が出て行くと思うのは自然じゃないですかね？　俺と森山、二人いたとは思わずに」

真壁は酔いも冷めた顔をしている。

「録画ビデオがあると言ったな？　今もあるのか？」

「いや……どうだろう……いや……」

真壁は竹田の顔を見た。

「所轄の刑事が聞き込みに来たとき、警備室でビデオを確認してましたから、もうすでにコピーが捜査本部にあるんじゃないですか？　同じ日の午後三時過ぎ、受付ロビーの分を見てもらったら、ボサボサ頭で黒い服を着た猫背の男が映っているはずです」

「よしきた。俺が確認する。所轄は万世橋署だな？」

「山本という男の刑事と、毛利って女の刑事が来ました」

竹田は席を立ち、電話を掛けに出て行った。襖が閉まるのを待って庵堂が言う。

「黄金社の社員を無差別に、というわけじゃなく、真壁さんを狙ったってことですか」

「そうならボクの責任だ」

縁は苦しげに唇を噛み、素のままの声で呟いた。

「ボクの担当だから狙ったんだろうか……ボクに思い知らせるために……」

「いや、でも」

と、庵堂が言う。彼は意見を求めるように真壁の顔を見た。

「真壁さんと私は八王子の帝王病院へ吉井加代子を訪ねてますよね？」

「そうですね――」

と、真壁も庵堂を見た。

「――あのとき俺は、吉井加代子に名刺を渡したよな――」

そして名刺がどう扱われたかを思い出して、厭《いや》な気持ちになった。

「――加代子は俺の顔を知っている。月岡玲奈も然《しか》りで、もしも俺を狙う気ならば、病院の防犯カメラを観ればいい。俺も庵堂さんも映ってますから。わざわざ下見に来なくても、ヒットマンに画像を渡せばいいってことですよねぇ」

「ボクらの心理的嫌悪感を煽《あお》ろうとしたのかな」

「殺人するにもマウント取るとか、ありえないでしょ？　たまたまイカレ野郎が森山を襲ったただけってことも……いや……」

言いながらも真壁は写真に目をやって、

「笑った口の形に切ったと聞けば……もう、そうとしか見えないですけどね……スマイル・ハンターのスマイルって……そんな下劣で悪趣味な真似を……うーん……」

縁が狩ったハンターたちの所業を思い返せば、ヤツらは『そんな下劣で卑怯《ひきょう》な真似を』迷うことなくしてきているのだ。真壁は続く言葉が出ない。ヤツらは常識が通用しないお花畑の殺人者たちだ。

一方、縁は戦慄していた。

たしかに真壁が言うとおり、傷跡はもう、笑った口にしか見えない。帝王アカデミーグループを率いるのは月岡玲奈だが、彼女を陰から操ってきたのは吉井加代子だ。吉井加代子は何でもやる。彼女が本気で牙《きば》を剝《む》いたら、無差別殺人も辞さない可能性があることを、予測しておくべきだった。これは自分たちへの宣戦布告か。『スマイル・ハンター』を刊行した報復として、死体にスマイルを刻み込んだというのだろうか。では、担当の真壁ではなく雑誌編集長をターゲットにしたのはなぜか。加代子の犯行動機は『楽しみ』だから、ジワジワとボクを追い込むためか。もしもそうなら……縁は背筋がゾッとした。

黄金社の社員を次々に襲わせたりするかもしれない。

そのとき無遠慮に襖が開いて竹田が戻った。携帯電話をポケットにねじ込みながら、

「受付の防犯映像を調べるように指示してきたぞ」

と言って席に座った。いきなり料理を引き寄せて、次から次へと平らげ始める。

「ついでに黄金社周辺の映像も調べるように指示をした。受付に来たのと同じ野郎がその後も黄金社の周囲をうろついていないか。特に被害者が会社を出た頃の映像は、隅々《すみずみ》まで当たれと言ってきたよ……うめえな、これは」

飯をかっ込みながら漬物を嚙む。

「作家先生ってなあ、こんな料理ばっかり喰ってると、痛風《つうふう》になるぞ」

「日頃は粗食ですから、ご心配なく――」

茶を淹《い》れながら庵堂が、横目で竹田を見て訊いた。

「――ところで刑事さん。その人物の画像が手に入ったら、私たちにも見せてもらえませんか?」

「おうよ、もちろん。あんたらの知り合いってことがわかれば、こっちも助かるからな」

片手に茶碗、片手に湯飲みと箸を持ち、口のまわりを拭いながら竹田は笑った。

「それにしても作家ってえのは因果な商売だなあ、おい。だからコロコロ顔を変えるのか? ま、有名人の気を惹《ひ》きたくて家に忍び込んだり、待ち伏せしたり、妙なものを送りつけたり、襲ったりする輩は多いからなあ。そんなのは芸能人の話かと思っていたが、今

じゃ作家先生もネットに露出する時代だ。本人や編集者が狙われたとして、俺は驚かねえけどよ」

そして畳に置かれたままだった『スマイル・ハンター』を引き寄せた。

「本を読むのは何十年ぶりかな」

竹田がそれを読んで帝王アカデミーグループの洗脳実験を炙り出すという縁の目論見《もくろみ》を知ったとき、味方になるか、敵になるのか、どちらだろうと真壁は密《ひそ》かに考える。そもそも大手企業の洗脳実験などという荒唐無稽な陰謀説を竹田は信じられるのか。真壁は次いで縁を見たが、彼は唇を真一文字に結んだままで、料理にもほとんど手をつけていない。

真壁は思う。

先生、あんた一体何者だ？　作品世界ではなく現実世界に実在しているのかと。

別れるときになってようやく、料亭の出入口に立ったまま、縁と真壁は、とってつけたように新作のプロットについて話をした。細かいことは書面にまとめてメールで送ると真壁は言って、縁を見送る素振りをした。竹田も隣に立っている。

会食が事件の話に終始したのは、秘匿された犯行の事実が異様すぎたからだ。庵堂と一緒にビルを出て通りを歩き始めたとき、片足を引きずりながら歩く縁に庵堂が訊いた。

「大丈夫ですか？」

俯いたままで縁は答える。

「何が?」

「いえ。ショックを受けたようだから」

ビル風は強く、生ぬるく、道行く人はみな足早だ。しかし、尾行者を気付きやすくするために縁と庵堂は独自のテンポで歩く。料亭に向かうとき、縁は庵堂をつけていく者がいないか見ていたが、今夜のところは無事だった。今も庵堂が先へ行き、縁は彼のやや後ろを歩いている。

「……真壁さんたちはビルを出た?」

縁が問うと、庵堂は振り返って「まだですね」と、答えた。

「飲み足りなかったのかもしれません。上品な店でしたし」

大屋東四郎の顔で、縁は「ふん」と鼻を鳴らした。

「タクシーを拾いますけど、あともう少し歩けますか?」

「歩けるよ。何を心配しているの」

車を止めるのによさそうな場所を探しながら庵堂が言う。

「言ったでしょう。ショックを受けたみたいだったから――」

そして突然振り向いた。

「――当然だよな? あんたは本物のサイコパスじゃないんだから」

天通眼の奥から縁は上目遣いに庵堂を睨んだ。彼がどんなつもりでそう言ったのか、図りかねてのことだった。庵堂はまた歩き出し、幅広の歩道に並んでから、今度は縁の少し後ろをついてくる。縁もなるべく普通に歩きたいのだが、昔壊れた身体のせいで片脚が遅れてしまうのだ。草履《ぞうり》だと余計に歩きにくい。

「うん……その通りだね」

縁はもはや青年の声で答えた。

「所詮《しょせん》ボクは『本物』じゃない。『本物』を研究して理解しようとしているだけだ」

「外見を化かすようにはいきません……最近少し痩せたのも、負担になっているからでしょう」

「いったい何が言いたいの？」

「いえ、別に」

と、庵堂は答えた。

縁は、暗闇で突き放された子供のような心細さを感じた。こんなことは今までなかった。今までは、一度だって、臆病になったことはない。黄金社が狙われたと知るまでは。

「傷がスマイルを象《かたど》っていることに気付いた瞬間、ゾッとして手足が冷たくなった……黄金社の編集長が、もし……ボクのせいで殺されたなら」

縁には酷いトラウマがある。自分のせいで人が死ぬ。それは地獄へ落とされるよりも辛《つら》いことだ。『編集長どころか、俺の父親も恋人も、おまえのせいで殺されたんだ』と、罵《のの》って《し》くれればいっそいいのに、庵堂は何も言わない。足を速めて縁を追い越し、立ち止まって縁を見下ろしてくる。

「ボクは思い上がっていたんだろうか……ハンターを狩るのは気持ちがよかった。次の犠牲者を救えるはずだと思っていたし、誰も気付いていない犯罪を警察関係者に示せたし……でも、ボクのせいで編集長が狩られたのなら」

「本当にそうか、わかりませんよ」

庵堂の声は一本調子だ。声からも、口調からも、心の内がわからない。もしもまだ彼に心があれば、の話だけれど。

「顔にスマイルを刻まれていたんだ。きっとボクへの脅しだよ」

「……簡単に牙を抜かれるんだな」

庵堂は溜息まじりに吐き捨てた。

「しっかりしてくれ。あれは吉井加代子の仕業じゃないぞ」

「なぜそう言える?」

庵堂は歩道の脇に居並ぶビルを見上げて、再び縁に視線を戻し、

「吉井加代子がやらせたのなら、被害者はなぜうつ伏せで死んでいた? おかしいだろう」

風が庵堂の髪を掻《か》き上げる。意志の強そうな眉の下で黒く光る瞳を見ているうちに、縁は自分の脳みそがようやく動き出したと思った。犯人が真壁と間違えて編集長を襲ったのかもしれないと恐れるあまり、衝撃で心が固まっていたようだ。

「……そうか……あれがボクらへの警告で、やらせているのが加代子なら、被害者を仰向けに置いたはずだね。そうすれば、マスコミが面白おかしく書き立てて、ボクらの耳に入るから」

「竹田刑事が接触してきたのは偶然ですよ。犯人しか知り得ない犯行事実を隠すため、警察は傷について公表しないし、そうなれば俺たちに気付かせることはできない。それだと脅しにならないし、吉井加代子や月岡玲奈の狡猾《こうかつ》さに見合わない。傷はただの偶然です」

「偶然にしても手口はエグい。思いつきの犯行じゃないはずだ」

「プロで間違いないとは思います。でも、それは俺たちの仕事じゃない。あんたは次を書かないと」

庵堂は車道との間にある植え込みに入って大きく腕を振り上げた。タクシーが寄って来て、ガードパイプのない場所に止まる。

「行きますよ」

と、庵堂が言ったとき、縁はまだ考えていた。

それならやっぱり傷がスマイルに見えたのは偶然か。犯人はリスクを犯して死体の顔を切り刻んだのに。それには、そうするべき理由があったからなのに。それはいったい何なのだろうと。

# 第三章　縁《えにし》の憂鬱

縁らと別れると、真壁と竹田はビル内部の公共スペースに移動した。エレベーターホールに飾られている観葉植物の脇にベンチを見つけて真壁が座ると、竹田は丸めて持っていたコートを真壁と自分の間に置いて脚を組み、シャツの上から脇腹を掻《か》いた。

「なんか、喰《く》った気がしねえんだよな。ああいう店の料理はよ」

「残さず食べたじゃないですか」

「そうだが……シメはやっぱりラーメンだろ？」

「俺は付き合いませんよ。あんな写真を見せられて、しばらく夢に見そうだし」

「だから見るのはやめとけって言ったじゃねえか」

真壁は自分の膝《ひざ》に肘《ひじ》をつき、前屈《まえかが》みになって両目を擦《こす》った。手のひらに触れる皮膚を薄く感じて、自分たちの年齢を思う。夢を叶えようとスキルを積み上げ、これからというときに突然命を奪われた森山の無念を思い出す。

「それで？　調べてもらえましたか？」

前傾姿勢で竹田に訊《き》くと、相手は背もたれに体を預けて、

「十三年前の事件だったよ」と言った。

「被疑者死亡で送検されてた。二月の未明……庵堂昌明ってのは、外科病院の院長なんだな？　火傷《やけど》のケロイドなんかも診《み》てくれるってんで、全国から患者が来ていたみてえだ。その院長が病院スタッフの女性とデキて、女を殺害した挙《あ》げ句《く》に自殺。つまりはそういう事件だったよ」

「どうして記録がないんです？」

「記録があったから話してんだろうが」

「いや、そうじゃなく……そういう病院だったら、もっと騒ぎになってもよさそうなものじゃないですか。報道も……されたんですかね」

「どうかな？　報道ってえのは、別にこっちからお願いするもんでもねえし。犯人が死んで見つかった場合は特に」

「じゃ、無理心中だったってことですか」

真壁は顔を上げて竹田を見た。犯人自身も命を落とす心中事件は、報道されないことも多いと、いつか縁が話していた。死者にむち打っても仕方がないという理由で事件報道がされないと、縁が怒っていたように思う。

「まあ、無理心中っちゃ無理心中なんだろうが……」

竹田はそこで言葉を切った。脂ぎったおかっぱ頭を掻《か》き上げて、組んだ脚をブラブラさせる。

「ちょっと面白ぇ記録もあったよ」

真壁を見たとき目が合った。竹田は刑事の顔になっていた。

「桐生月子は病院から自宅へ向かう公園で殺害された。巻いてたマフラーで首を絞《し》められたんだな。月子の遺体が見つかったのは翌早朝で、院長先生の自殺騒ぎのほうが先。院長は病院の屋上からの飛び下り自殺で、便箋《びんせん》の切れ端《はし》に院長本人の筆跡で『お許しください』と走り書きの遺書があった。で、翌朝月子の遺体が見つかったってぇことだったらしいや」

真壁はメモを取りながら訊く。

「不倫関係だったんですか？」

「親しい間柄だったのは間違いねえし、他の病院スタッフも月子が特別扱いされていると思っていたようだ。だがな、この月子って女は、院長の息子と婚約してたってんだから驚きだよな」

「え」

と、真壁は顔を上げた。

「婚約者の父親と不倫してたと言うんですか？」

「確たる証拠があっての話でもねえみたいだな。なぜそうなったのか、遺書と状況から導き出した臆測臭え感じもするよ。俺が捜査してたらきっちり調べたところだが、被疑者死亡で遺書もあったら、そこまで調べねえことだってあるさ。警察も忙しいからな」

真壁は声をひそめて訊いた。

「待ってください、息子って？」

「庵堂貴一ってな」

竹田がニヤリと笑って言うと、竹田から見えないところで真壁はギュッと拳を握った。

そうか、息子か。やっぱりそうか。

「息子のほうも凄腕《すごうで》の外科医と言われていたが、事件の後に病院を売っ払って姿を消した。そりゃ、気持ちはわかるよな。婚約者には裏切られ、父親が殺人犯だ。母親は庵堂家から籍を抜き、弟と妹を連れて東京を出て行った。その後のことは知らねえが……作家先生のボディーガードがたしか、庵堂って苗字《みょうじ》じゃなかったか？」

「……息子は外科医だったんですか」

真壁は縁が服用している免疫抑制剤のことを考えていた。そうか、つまりはそういうことか。

「その事件ですけど、無理心中で間違いないんですかねえ？」

「俺に訊くなよ、知らねえよ」

と、竹田は答えた。

「俺が言うのもなんだがよ、警察だって、優秀なのも、そうでないのもいるんだよ。だが、書類が上がって捜査が終了しちまえば、書かれたことが本当になる。この場合は状況証拠ってぇヤツだよな。しかも被疑者が死人じゃあ……」

つまりは庵堂昌明と桐生月子の心中事件は、殺人事件だった可能性もあるってことだ。誰も知らない事件……これもハンターが起こした事件だったとすれば、縁が月子を友人と呼んだ理由もわかる。たぶん、縁は患者だったんだ。庵堂昌明か庵堂貴一、もしくは両方の患者であり、月子は病院スタッフだ。そうか、そうだよ。

真壁は知らず興奮してきた。月岡玲奈、吉井加代子、片桐寛とその家族……それですべてがつながるぞ。庵堂昌明は片桐寛の友人だった。片桐家が襲撃されたとき、子供たちはどこへ搬送されて、誰がその後の面倒をみたのか。調べてもよくわからなかったが、それが庵堂昌明だ。事件後、妹はすぐに亡くなり、兄は一年後に死亡した。しかし本当に死亡したのか。片桐一家殺傷事件を調べるなかで、真壁は片桐家の菩提寺《ぼだいじ》を訪ねたが、墓石にはたしかに一家四人の享年と名前が刻まれていた。でも、もしも、庵堂医師が片桐寛から話を聞いて玲奈の正体を知っていたなら、兄妹二人を死んだことにして、どこかへ逃がしたとも考えられる。そうか。

そう考えると庵堂医師の不可解な死も説明がつく。自分の正体を知ったかもしれない庵堂医師と月子を、玲奈が放っておくはずはない。玲奈は子供たちが生きていることを知っていたのか。いや、違う。

玲奈の夫が死んだ時、葬儀会場に乗り込んだ縁が玲奈と対峙《たいじ》するのを真壁は見ていた。そのとき縁は玲奈をネエサンと呼び、玲奈は微笑んで、涙を流した。

ちくしょう、そうか、そうだったのか。縁の秘書の庵堂も、父親と恋人が不義の心中に見せかけて殺されたことを知っているんだ。彼が縁と共にいるのは玲奈と加代子に復讐《ふくしゅう》するため。そうであるなら雨宮縁は、片桐家の子供、兄の涼真か、妹の愛衣《あい》のどちらかだ。片方は死んだが、その臓器をもらって片方は生きた。これで免疫抑制剤の説明もつく。

「真壁さんよ、あんた一体、なにを調べてんだよ」

竹田は突然そう訊いて、ベンチに丸めたコートを叩《たた》いた。その中には、『スマイル・ハンター』が包まれている。

「答えもここに書いてあるってか？　本を読めとか面倒臭えこと言ってねえで教えてくれや。あの先生は何者で、俺に何をさせようってんだ？」

「それがわかれば竹田さんにお願いしたりしませんよ」

言っていることは真実だから、なるべく誠実な感じが出るよう気を付けた。

「あんた、先生の担当だろ？　なのに素性を知らねえとか、あり得ねえだろうがよ」

「出版契約を取り交わしているのは『雨宮縁事務所』で、先生個人じゃないですからね」

「俺もちょっと調べたんだよ。あの先生は新人賞から出てんだってな、そんとき色々見るんだろ？　応募要項に、何だっけな、プロファイルとか、プロフィールとか……」

「応募時点からすでに『雨宮縁事務所』の『雨宮縁』だったんですよ。作品がよくて書き手自身が存在し、直接話ができるなら、こっちもそれ以上は詮索しません。出版なんて水もので、要は売れればいいんですからね」

竹田は「ケッ」と、喉を鳴らして、

「これを読んだらわかるんだな？」と、また訊いた。

「そうですとしか言えませんけど。まあ、読んで感想を聞かせてください」

話は終わったとばかりに真壁が腰を浮かせると、

「あんたらはよぅ、危ねえことに首を突っ込んでいやがるな？」

竹田は真剣な表情で見上げてきた。

正直なところ、真壁は答えに窮していた。縁と庵堂の正体に気付いた今は、二人が何をしようとしているのか、どうしてそれをしたいのか、理解ができたと思う。そしてそれをするのなら、玲奈と加代子は嬉々《きき》として牙《きば》を剝《む》いてくるだろう。あの二人には恐怖心がない。それどころか罪悪感も倫理観もない。すべてがゲームで、勝者は自分だ。そういう思考の相手と戦えるのか、どう戦えばいいというのか、真壁には想像もつかなかった。

「おたくの雑誌編集長の件だがな、よもやと思うが、気を付けろよ。俺が送っていってやろうか？」

「よしてくださいよ。縁起でもない」

照れたように辞退すると、竹田は笑った。丸めたコートを膝に載せ、ポケットを探ると、真壁のほうへ何かを差し出す。心ならずも受け取ったのは、尾行者を確認するのに使う手鏡だった。

「やるよ。使い方は知ってるな？」

以前に竹田はこれで背後を確認していた。歩く速度を落としもせず、振り向きもしないで尾行者の姿を探すのだ。森山を襲った相手は迷いなく喉を切り裂いている。声を掛けてくるならまだいいが、すれ違いざまに殺《や》られる可能性だってあるかもしれない。真壁はゾッとしたけれど、

「どうも」

と、鏡を受け取った。冗談じゃないぞと続けて思い、それをポケットに入れるとき、使う羽目にならないことを切《せつ》に願った。喉笛を切り裂かれ、顔にスマイルを刻まれるなんてとんでもないぞ、絶対にゴメンだ。

そして竹田と別れてからは、お守りのように手鏡を握りしめて街を歩いた。今後、通勤時は防犯カメラがある場所を選び、暗くて細い道には近づかないようにしよう。そして、

ハンターだけでなく吉井加代子と月岡玲奈を、一刻も早く、縁に何とかして欲しいと考えていた。

また月曜がやってきた朝。

真壁は何度も躊躇《ためら》った挙げ句に、縁の本を手がける装丁《そうてい》デザイナーの蒲田に電話を掛けてやろうと決めた。週末に竹田や縁らと会食したあと、急に怖くなって土日は家を出ずに過ごした。すると妄想はさらに膨らみ、縁と庵堂は片桐家の子供と庵堂院長の息子であるという自分の推理に酔いしれた。休日が終わって仕事モードに戻ってしまうと、今度はその素晴らしい考察を誰かに披露したくてたまらなくなった。けれどもそんな話ができるのは、縁のハンター狩りを知っていて、口が硬くて生真面目《きまじめ》で、しかも悪意を持たない蒲田宏和しかいない。

真壁は意気揚々と家を出たが、ポケットに竹田がくれた鏡を忍ばせることを忘れなかったし、マンションのエレベーターに乗るときも他人と一緒にならないように気を付けた。万が一誰かが乗って来たら入れ違いに降りられるようドアの近くに陣取った。いつもよりきつくネクタイを結んだのも、喉を防御できるかもしれないと思ってのことだ。真壁は身長があるから屈《かが》んだりしなければ喉を狙われることはないとして、念には念を入れたくなるのが性《さが》だ。

マンションを出ると、せめて身体のどちらかだけでも守ろうと道の端を選んで歩き、近づいてくる通行人に目を配るのも忘れなかった。先週は色々あってルーティンが崩れてしまったが、今週は仕切り直してやろうと駅近くのファミレスでモーニングを楽しみ、店を出て駅へ向かうとき、ようやく蒲田に電話を掛けた。片手をスマホに、片手でポケットの鏡を弄《もてあそ》びつつ、呼び出し音を聞くことしばし、

「はい。蒲田です」

蒲田の明るい声を聞くと、真壁は救われた気分になった。

「蒲田くん？　よかった！　黄金社の真壁だよ、久しぶり」

「え。そんな久しぶりですか？　先週も電話とメールで……」

蒲田がまだ喋《しゃべ》っているうちに、

「突然だけどさ、今日、どっかで会えないかな？」

と、真壁は訊いた。


同じ頃。

雨宮縁事務所では、一階応接室のソファに脚を投げ出して、縁がピクチャウインドウを

眺《なが》めていた。嵌《は》め殺しの大きな窓は外部に坪庭が設《しつら》えてあり、涼しげな黒竹の前面にある水場に青々とトクサが茂っている。侵入者を警戒して樹木すら植えない敷地内で唯一の潤い空間だ。

森山編集長を殺したヤツは、どうして死体の顔を切ったのか。

週末に竹田刑事と話して以来、縁は今もそのことが気になっていた。庵堂は早く仕事にかかれと言うが、真壁もショックを受けたようで、書面にして送ると言ったデータがまだ来ていない。

小さくて白い蝶《ちょう》がトクサの上を飛んでいる。花もないのに、なにをしに来たのだろう。ただ空間を舞うことに意味があるのかな。生きものの行動すべてに意味があるというのなら、人はどうして人を殺したくなるんだろう。

縁は手元のモニターで、まだ病院の監視カメラを見続けていた。吉井加代子の一日は、本を読んだりパソコンを見たり、運動したりと充実している。他の患者のようにベッドに寝たきりのことはなく、ぼんやりしていることもない。彼女は常になにかに興味を示し、特にスタッフが食事を運んできたり、薬を持ってくるときは瞳に異様な光を浮かべた。異常者を演じているように見えることがあるし、哲学者のように見えることもある。けれど本物の異常者なのだ。守衛室から盗み出したデータには事件当夜以外を映したものもあったが、その中のひとつが気になって、縁は繰り返しそれを見ていた。

どんな理由か、加代子が荒れるシーンを撮影したものだった。スプーンで鉄格子をこすりながら部屋を行き来する。本棚の本を床に撒《ま》く。窓枠を摑《つか》んで喚《わめ》く。その様子は病院側も見ているはずだが、誰も病室へ近づかないのは、上から無視するようにと指示があったからだろう。上とはつまり、医師なのか、それとも経営者の月岡玲奈か。

玲奈はかつて姉だった。別れたときは高校生だったが、すっかり大人の女性になった。最近髪型を変えたのは、おそらく心境の変化があったから。以前はフェミニンな髪型だったが、今はクールなボブカットにしている。ただし、いくら外観を変えようと、真空パックされたように匂いも体温も伝わってこない感じは当時のままだ。

縁が物心ついたときから、玲奈はパックされた人間のように思われて、それがずっと不思議であった。愛らしく快活で、頭がよくて礼儀正しい。それなのに姉が怖かった。二人だけになるのは恐ろしかったし、妹のことも守らねばならないと感じた。そういう気持ちを姉に知られることすらマズいと思って、縁は心を隠し続けた。

改めて加代子と玲奈を映像で見ると、玲奈の異様な雰囲気は加代子が持つそれと似《に》ていた。二人は一卵性母娘《おやこ》のようだ。玲奈のほうがまだ、わずかながらに人間味を感じさせるのは、片桐家で育てられたことで『感情』を『学んだ』からだろう。父は玲奈を救おうとして、『感情のあるフリをする術』を教えてしまった。

いま、武器を手に入れた玲奈は周囲を魅了し、操っている。

「……はあ」

と、縁は溜息《ためいき》を吐《つ》いた。庵堂にも言われたが、サイコパスを気取るのは難しい。持って生まれた優しさや、包んで育てられたぬくもりや、他者への気遣い、相手の気持ち、そういうものが邪魔をして、冷酷に徹しきれないのだ。人としてはそれが普通と思うのに、ならば彼女らは何なのだろう。

玲奈が家族になったときの記憶が縁にはなく、血がつながっていないことすら知らずに育った。父はそういう人だったし、母もそういう人だったから。しかし縁は玲奈にずっと違和感を抱いていた。その違和感が何かわからず、姉には何かよくないものが寄生しているのではと疑った。

「いや……寄生してたんだ……吉井加代子が」

今となっては宿主《しゆくしゆ》を食い尽くし、さらなるバケモノに進化したのかもしれない。

目を上げて窓を見ると、蝶は行ってしまった後だった。応接室のドアが開き、庵堂がお茶を運んでくる。縁が室温に相応《ふさわ》しい服装をしているか確認してエアコンの温度を一度上げ、そばへ来てカップを手渡した。温かいミルクティーが入っていた。

「真壁さんからメールが来ません。催促しますか？」

伸ばしていた脚を畳んで庵堂の座る場所を作ってから、

「放っておいても思い出せば送って来るよ――」

と、縁は言った。

「――編集さんは忙しいから、急ぎの仕事から先にやるのさ」

「そんなふうに余裕かまして、後で泣いても知りませんよ」

庵堂も隣に腰を掛け、ブラックコーヒーを飲みながら言う。

「大丈夫。ぼくを誰だと思っているの」

庵堂はクルリと首を回して縁を見た。

両手にカップを抱えたままで、縁も庵堂の瞳を見返す。

「……いつまでも続けられるはずはない。もう、あんたがもたないだろう？　違うのか」

縁が黙ってミルクティーを啜《すす》ると、秘書の顔に戻って庵堂は続けた。

「すべてを竹田刑事に引き渡すときが来たんじゃないですか？　彼はハンターを三人も知っている。今ならば、事情を話せば、荒唐無稽な話と笑うこともないでしょう」

「だとしても、まだダメだ。ハンターを操っているのが玲奈だという証拠がないから」

「ヤツらは証拠を残しませんよ。だから犯罪と見抜かれないんだ。よくわかっているはずでしょう？　必ず人を殺させたいと思っているわけでもないから殺人教唆《きょうさ》にも問えない。でも、ハンターがアカデミーの息がかかった連中ばかりと知れれば、グループに目が向いて……」

「それじゃダメなんだ」

と、縁は言った。

「帝王アカデミーの病院を潰《つぶ》して職員や患者を困らせたいわけじゃない。グループで働く医師たちに罪はない。病根はハンター予備軍を選んで犯罪に手を染めさせる玲奈と加代子なんだから」

「では手っ取り早く二人を殺しますか？」

涼しい顔で庵堂が訊く。縁は唇を引き結んで頭《かぶり》を振った。

「そんなんじゃ物足りないよ。それにあいつら、死ぬことなんか怖くないだろ？　ぼくはあいつらの顔を悔しさで歪《ゆが》ませてやりたい。敗北を認めさせたいんだ――」

庵堂もまた唇を結んで聞いている。

「――竹田刑事は宮仕《みやづか》えだから独りで捜査できないし、吉井加代子は病院にいるから逮捕もできない。共食いさせるしか方法がない」

庵堂は体の正面を縁に向けて座り直した。

「気持ちはわかるが、それでいいのか？　あんたを見てると時々思う。親父《おやじ》が命がけであんたを救ったのは、あんたに復讐させるためだったのかと」

縁は一瞬だけ顔を歪めたが、すぐに表情を消して答えた。

「庵堂先生がぼくを助けてくれたのは、加代子や玲奈の計略に戦慄《せんりつ》したからだ。メンタル事業を乗っ取ってハンター予備軍を探し出し、洗脳して、放って、人を殺させる。ぼくの家が狙われたのはその準備をするためで、餌食《えじき》になって助かったのはぼくだけだ」

「重荷に感じているんだな」

「そうじゃない。使命があるから助かったんだと思ってる。ぼく以外には誰もあいつらを糾弾できないんだから」

庵堂は頷《うなず》き、ふと遠い目になってから、

「……親父の自殺が月子を殺したせいだと聞かされた時……」

わずかに唇を噛《か》んで、静かに言った。

「受け入れることはできなかった」

「当たり前だよ、偽装なんだから。庵堂先生は月子さんを殺してないし、自殺だってしていない」

縁も庵堂の正面に体を向けて姿勢を正した。

「入院中にぼくから何かを聞いていたら困ると思って、口封じをしたんだよ……だから……」

心中事件の知らせを受けたとき、それは絶対に偽装だと、縁は同様に訴えたのだが、庵堂は信じてくれなかった。当時の縁は死の淵《ふち》から生還したばかりの寡黙《かもく》で無気味な少年だったから。

「先生と月子さんが殺されたのは……」

自分が言おうとしていることに、縁は唇を震わせた。泣きじゃくる子供のような音を立てて息を吸い、また吐き出してから、顔を歪めた。

「ぼくのせいだよ……ごめんなさい」

言葉に出して言った時、内臓が千切《ちぎ》れるような痛みを感じた。そして驚くべきことに、目からハラハラと涙がこぼれた。次いで慟哭《どうこく》が襲ってきそうで、縁は慌てて涙を拭《ぬぐ》った。

ずっと言うべきだと思っていた。ずっと、謝らなければと思っていた。けれど言葉は出て来ずに、心はどんどん凍り付いて行くばかりだった。それを言ったら自分はただの人間に戻ってしまい、サイコパスではいられなくなる。あんたは本物のサイコパスじゃないと庵堂は言ったが、その通りだ。縁は敢《あ》えて顔を上げ、庵堂を真っ向から見つめたが、自分の目のふちと鼻の頭が赤くなっているのではないかと感じて恥じた。彼にそんな姿は見せるべきじゃない。弱いところを見せてはいけない。特にこの人に対しては、弱さを見せる資格なんかない。彼はわかっていたはずだから。ボクたちに関わらなければ不幸に見舞われることはなかったと。

「ぼくはすごく怒っていて、自分を憎むのを止められない。この気持ちからは逃げられない。お願いだから、竹田刑事に任せろなんて言わないで」

庵堂は答えない。縁から目も逸らさない。辛《つら》い記憶を巻き戻し、見直すことで自分の考えを確かめようとしているかのようだ。

「庵堂さんはぼくを憎んでいいし、殺したいと思って当然だ。ぼくは約束を守るけど、あいつらに絶対的な敗北感を味わわせてやるまでは生きさせて。お願いだ」

涙が一筋流れてしまい、縁は恥じてそれを拭った。庵堂が目をしばたたく。

「親父は絶対に人を殺さないと……」

彼は眉をひそめて目を閉じた。

苦しげなその表情は、懺悔《ざんげ》する修行僧みたいだと縁は思った。

「言葉に出して言ってくれたのは、確か、あんただけだったよな？　他の連中はみんな潮が引くように俺たちの許《もと》を去ったから。だけどあんたは死んだ子供で、証言に価値はなく、俺も事態を受け止めきれず……ガキの戯《ざ》れ言《ごと》なんか信じられる状態じゃなかった。世界が崩れて、何も考えられなくなった。初期化されてまっさらな頭にインストールされるのは、事実として報道が伝えたことだけだ。白状すると、真っ先に親父とあんたを呪った。月子があんたに関わりすぎて、それで何かが起きたのかと……俺は男として最低だ……なぜ、月子や親父を信じてやれなかったのか」

縁はじっと庵堂を見ていた。表情を消して、何を考えているのかわからない顔だ。

「……初めてだよね。互いの気持ちを話したの――」

やがて微《かす》かに口角を上げる。その清々《すがすが》しい顔に庵堂は、少年だった彼が病室で月子だけに与えた笑みを思い出していた。

「――あのあとが酷《ひど》かった。アナタは突然、日本を出て行っちゃったんだから……ぼくをここへ置き去りにして」

「成長して追いかけてきたじゃないか。スキッド・ロウであんたを見たときは、死神かと思ったよ」

「実際、ぼくはもう死んだ人だから、パスポートは取れないし、お金もなくて大変だった……あそこでアナタが見つからなかったら、飢えてホントに死んでたと思う」

　庵堂は苦笑し、腕を伸ばして縁の前髪を掻き上げた。

　庵堂の瞳に映り込む迷子のような青年は、作り物か、本物なのか、縁自身もわからない。どちらにしてもそれは生きた人間なんかじゃなくて、怒りと怨《うら》みに生かされているだけの死人だ。

「飲んで」

　と、促されたのでミルクティーを飲んだ。庵堂はミルクで紅茶を沸かすから、甘くて濃厚でいい香りがする。有楽町のガード下で食べるナポリタン同様に、幸せだった時代が確かにあったと思い出させてくれる味だ。庵堂は溜息まじりの笑顔を見せた。

「もしも目的を果たせたら」

「うん……それでぼくは満足なんだ」

　手伝ってくれたら、ぼくはアナタに殺されてあげるよ。

と、ロサンゼルスのスキッド・ロウで縁は言った。この世に存在しない人間だから、殺しても罪にはならないよ。だから庵堂はここにいる。はずだった。

それなのに、ごめんなさいと縁は言った。ご、め、ん、な、さ、い。そのひと言がどれほどの重みを持つか理解できるから、庵堂は自分の気持ちに動揺していた。

このバカは家族の死だけじゃなく俺の罪まで背負っていたのか。親父と月子が殺されたのは、本当に縁のせいなのか。純粋な悪を怨むより、目の前にいるこいつを怨むほうが楽だから、そうしてきただけのことじゃないのか。こいつを見るたび考えた。どうやって殺そう。どうやってこの苦しみを終わらせよう。どうしたら、こいつは俺と同じくらい苦しむのかと。そしてすぐに思うのだ。そのときこいつは解放されて、救われるのかもしれないと……卑怯《ひきょう》なヤツめ。

そして自分はその後どうする？　縁がこの世に存在しない人間ならば、自分は一体なんなのか。復讐する縁にすがって生きる自分はなんだ。もしも縁を喪《うしな》ったなら、俺は生きていけるのか、なんのために生きるのか、庵堂はそれを考える。

縁が紅茶を飲み干すのを待ってから、カップを受け取って庵堂は言った。

「計画を加速させておきました」

「え」

縁は驚いた顔で訊く。

「どういうこと？」

「吉井加代子に『スマイル・ハンター』を送ったんですよ。病院宛に」

「ここから？」

「まさか」

　と、答えて立ち上がる。

「黄金社の販売部にお願いしました。取材のお礼に真壁さんが病院へ本を送っても、別に変じゃないですからね。膨大な出版物の一冊をたまたま手にして、自分たちのことが書かれているとアカデミーの連中が気付く保証はありませんし、月岡玲奈が読む可能性も低いので」

「本は吉井加代子に届くと思う？」

「外から加代子に接触があれば、必ず玲奈がチェックすると睨《にら》んでのことです」

「そうか……たしかに。じゃ、玲奈も本を読んだかな……読むはずだよね。ご主人の葬儀会場にぼくが現れて、ハンターも次々に逮捕され、何事が起きているかと怪しんでいるはずだから」

　庵堂は軽く頷いた。

「罠《トラップ》は、仕掛けただけじゃダメですからね。きちんと回収にいかないと」

「アナタは黄金社の編集長の件でぼくが弱腰になっていると思ったんだね？　だから発破《はっぱ》

をかけようとした。そういうこと？」

「さあ……どうでしょう」

と、庵堂は言って、

「やっぱり真壁さんにメールしますね。指示が出ないと雨宮が仕事にかかれないからと」

縁は再びニッコリ笑った。

「ぼくの殺害方法は過労死なんだね？」

ははは、と声を立てて笑ってから、庵堂は応接室を出て行った。


同日の午後一時半。

真壁と蒲田は銀座某所にある隠れ家のようなカフェにいた。

その店はメニューボードも看板もなく、店の名前すら出ておらず、ビルの地階の入口ドアに『ｉｎ』と真鍮《しんちゆう》文字があるだけだ。ドアを開けると店内は意外に広く、カウンターにズラリと並んだサイフォンの奥で年配のバリスタが香り高いコーヒーを淹《い》れている。この店を、真壁は縁に教えてもらったが、なんとなく敷居が高くて独りで利用する気にはなれなかった。今日は蒲田と一緒なのでビルの手前で待ち合わせ、蒲田を案内して階段を下りた。期待どおりに蒲田は訝《いぶか》しげな顔で、ドアが開くと目を丸くして、「ふえぇ」と奇妙な声で唸《うな》った。それだけで真壁は気分が上向いた。

「いらっしゃいませ」

と、カウンターの奥からバリスタが言う。全体的に照明が暗く、落ち着いた雰囲気の店である。ここへは一度来ただけで、しかもそのときはド派手なメイクの響鬼文佳と一緒だったから、もしも『一見さんお断り』と追い返されたらどうしよう。それは恥ずかしいなと思いつつ、緊張した面持ちで頭を下げると、バリスタはにこやかに微笑《ほほえ》んで、

「どうも。ようこそおいでくださいました」

と、付け足した。最奥のボックス席を示すので、すました顔でそちらへ向かう。

やはり気持ちのいい店だ。

「よくこんな店を知ってましたね」

席に着くなり蒲田はキョロキョロして声をひそめた。

「雨宮先生に教えてもらったんだよ」

あの時は庵堂がとりまわしをしてくれたので、真壁は今日、初めてメニューを開いた。

飲み物はやはりコーヒーがメインだが、トーストとサンドイッチとチーズケーキがあるようだ。こういう店の軽食が不味《まず》かろうはずはないので、サンドイッチ二人前にブレンドコーヒーを注文した。おしぼりで手を拭きながら蒲田が言う。

「落ち着いていて、いい店ですね」

「だろ？　コーヒーがメチャうまでさ」

「香りでわかります。ここって会員制なんですか？」

「や、どうだろう。ＯＫじゃないかな……実は、入れてもらえるかヒヤヒヤだったんだけどさ」

「ははは」と、蒲田は静かに笑い、水を一口飲んでから、

「装丁デザインの件ですか？」と訊いた。

「先週会議を通ったばかりなのに、ずいぶん進行が早いんですね」

それから前のめりになって言う。

「あと……森山編集長の件は、ご愁傷様《しゅうしょうさま》でした」

事件が報道されてすぐ、大量に送られてきたお見舞いメールに蒲田のものもあったが、真壁は会社に指示された定型メールを送り返しただけだった。実際のところ何を言っていいのかわからなかったし、今はもっとわからなくなった。それは森山の顔が傷つけられていたと知ったからだが、そのことは誰にも喋るなと竹田に念を押されている。情報元の約束を破れば信用を失ってノンフィクション本など作れなくなるから、仕事に対して真壁は口が硬いのだ。

「通り魔だったんですか？」

蒲田は眉をひそめて言った。

「いや、詳細はわかっていないはずだよ。なんで通り魔？」

「そうなんですか？　ネットの情報っていい加減だなあ。ＳＮＳで、そんなふうに書かれているのを読んだので……森山さんはいい人なのに、なんでこんなことになったのか、ホントに許せないですよね……会社のほうはどうですか、みなさんショックを受けているんじゃないですか」

「ショックなんてもんじゃなかったよ。印刷所に戻すゲラが紛失しちゃってさ」

「ええっ」

それは大変だと、蒲田は表情で語っている。

「直後はそっちの手当が最優先で、ショックは後から襲って来た感じだな。ていうか、まだ信じられないよ。たぶん遺体が戻らないからだと思うけど、葬儀の予定もわからないしさ、そういう意味でも酷いよな……事件ってのは」

「ほんとうですねえ」

「おまたせいたしました」

と声がして、サンドイッチとコーヒーが運ばれてきた。

昭和の喫茶店で出されていたような一口大のサンドイッチは、パンのエッジの見事さに職人技を見るようだ。口紅を塗った女性にも食べやすく、食事風景が品良く見える大きさと並べ方になっている。美熟女の響鬼文佳も喜びそうな出来映えだ。

「レトロというか……きれいですね」

蒲田が言うと、バリスタは微笑んで頭を下げた。

「どうぞごゆっくり」

彼が去って行くのを待って、真壁がサンドイッチに手を伸ばす。パンは白く、柔らかく、薄く塗られたバターとマスタードがいい仕事をしている。

そうだよ、サンドイッチはこういう食べ物だよと、真壁は懐かしく思い出す。お洒落で品がいいけれど、満腹にはならないんだよなあ。

「おいしいですね」

ハムとチーズ、キュウリとトマト、そして卵と順番に食べてから、コーヒーを飲んで蒲田は言った。この青年と一緒だと、いつ何時でも青空の下にいるような気がするから不思議だ。そんな蒲田に対して真壁は、

「先生の正体がわかったかもしれない」

と、唐突に言った。

「えっ」

蒲田は食べるのをやめて目を見開いた。

「本当ですか、誰ですか」

「苦労したのに結論だけ聞いてくるなよ」

「真壁さんがそう言うからじゃないですか」

「だからさ、先《ま》ずは推理を聞いてくれって。何年ミステリーの装丁を手がけてるんだよ」

「正体とデザインと、何か関係ありますか？」

蒲田は唇を尖《とが》らせた。

ああ、こういうやりとりに癒《いや》される。殺人とかハンターとか生臭い話ばっかり聞かされるから、俺はときどき蒲田くんが必要になるんだ。

真壁はゆっくり時間をかけて、過去の住宅地図を探し始めたところから説明した。前のめりになって聞いてくれるので話し甲斐《がい》があるというものだ。庵堂医師と片桐医師が友人だったとわかったことから、話は一気に片桐一家殺傷事件へつながっていく。死亡した子供二人のどちらかが縁ではないかと言うと、蒲田は即座に、

「じゃあ、兄ですよ」

と、言った。

「アカデミーの社長の葬式で、ネエサンと呼んだのが男性だったから。そうか、やっぱり片桐家の長男だったんですね……あ、じゃあ、先生が脚を引きずっているわけも、事件の後遺症なんですかね？　二人とも重傷だったんですもんね」

感心して腕組みをする。

「でも、真壁さんはよく気がつきましたね。つまり、こういうことですか？」

そして一段と声を低くした。

「先生たちは、その復讐をしようとしてるんですね」

真壁も言った。

「蒲田くんも、庵堂昌明博士の心中事件は偽装だったと思うかい？」

「思います、思います。そうでなきゃ二人が一緒にいる理由がないし」

「うーん」

と、真壁は背中を伸ばし、ボックス席にふんぞり返った。

帝王アカデミーグループの創立者一家に起きた悲劇を出版するだけのつもりが、これは、本当に、とんでもないネタを釣り上げたぞ。ネタが大きすぎて捌《さば》ききれない可能性も出てきたか。くそ……こんなに複雑な話になると、俺の腕では書ききれないかもしれないな。執筆を作家に依頼しようと考えたとき、真っ先に思い浮かんだのが縁で苦笑した。

「真壁さん、ニヤニヤして気持ち悪いですよ。捕らぬ狸《たぬき》の皮算用ってヤツですか」

と、蒲田が訊く。浅ましく算盤《そろばん》をはじいていたのを見抜かれて、真壁は少し赤くなる。

おいしいコーヒーなのでもう一杯飲みたいと蒲田が言うので、おかわりを二杯頼んで真壁は訊いた。

「俺の推理で合ってると思うか？」

「思います。庵堂さんが再生皮膚に通じていたなら、先生の見事な化けっぷりにも納得がいきますし……でも、これって危険はないんでしょうか」

「誰に？　俺に？　蒲田くんに？」

蒲田は眉をひそめて言った。

「ぼくたちじゃないですよ。先生ですよ」

「庵堂さんがいるから大丈夫だろ」

「でも、真壁さんは心配じゃないですか？　ドル箱、は置いておいても、先生とはデビュー以来の仲でしょう」

「仲って言うけど、作家と編集者なんてどんな仲でもないからなあ。強《し》いて言うなら仕事仲間か」

「そんなこと言って、相手が美女じゃないとわかって冷めたんですね？」

「なんだよ、人聞き悪いなあ」

話しているとスマホが鳴った。プロフィール画面に目をやると、『雨宮先生』と文字が出ている。まさかこの店の防犯カメラを庵堂が盗視していたのではと怖くなる。

「ヤベえ、雨宮先生からだ」

「ナイスタイミングですねえ」

蒲田は呑気《のんき》に笑っている。真壁は即座に立ち上がり、

「はい。黄金社の真壁です」

と、言いながら店を出て行った。

二杯目のコーヒーが運ばれてきたので、蒲田は優雅にコーヒーを飲んだ。そして真壁の推理について考えてみた。スマホで事件を検索すると、片桐一家殺傷事件が起きたのは十五年前で、そのとき兄の涼真は十二歳、妹の愛衣は六歳だった。ならば雨宮先生は二十七歳ということか。縁の姿を思い返して、蒲田はもう一口コーヒーを飲んだ。老人から高校生まで変幻自在の様々な姿に、生の年齢なんて想像できない。但し、やっぱり妹のほうではなかろうと思う。生きているなら二十一歳の愛衣に女子高生は演じられても、老人の大屋東四郎は無理だと思うから。

「蒲田くん」

血相変えて真壁が戻り、席に座って自分のコーヒーを飲み干した。

「どうかしたんですか?」

会計の準備をしながら真壁が言う。

「スマホで調べて。SNSのニュースに出ていない? 通り魔に女性が喉を切られたっていう……」

蒲田はすぐさま検索し、

「あ。あった。これですか?」

ヒットした記事を真壁に見せた。

【ニュース報道ステーション：1時間前・女性が喉を切られて死亡】

真壁は蒲田のスマホを奪って記事を見た。ブルーシートで覆われた路地の写真が載っている。

【通り魔か　18日　午前5時40分ごろ、東京都渋谷《しぶや》区で、『路上で女性がうつ伏せに倒れて出血している。死んでいるようだ』と110番通報があった。女性はその場で死亡が確認された。渋谷署で確認したところ、持ち物などから女性は……】

「クソ……やっぱり」

と、真壁が唸る。蒲田もスマホを取り返し、同じ記事を読んで訊く。

「大原節子さん五十四歳、書店員と書いていますね。真壁さんの知ってる人ですか？」

真壁はすでに席を立ち、会計を済ませて外へ出て行った。蒲田が慌てて追いかけていくと、地上へ向かう階段に片足をかけたまま、誰かを電話で呼び出していた。

「ありがとうございました」

バリスタの声を背中に聞いて、蒲田は真壁の様子を窺《うかが》う。

相手が電話に出るまでの短い時間に真壁は言った。

「大原さんは、うちが下読みをお願いしたこともある書店員さんだ。雨宮先生の大ファンで、先日もファンレターが来たばかりだよ。さっきの電話は先生だけど、先生はものすごーく怒って……あ、もしもし？　黄金社の……」

誰かと話をするうちに、真壁の顔は引き攣《つ》っていく。

何事だろうと蒲田は近くで見守っていたが、短い通話を切ったあと、真壁は額に指を置き、やや考えてからパッと蒲田を振り向いた。

「先生もキレたが、俺もブチ切れたぞ。蒲田くん、船橋へ向かおう」

都合を聞いてももらえずに、蒲田は真壁に連れられるまま駅へと向かった。

五月の東京はよく晴れて、どこかに咲いているらしき花の香りが漂っていた。


久々に訪れた雨宮縁事務所の周辺は、空き地だった場所に新しい家々が建っていた。新築のそれらは希望に溢《あふ》れた外観で、植えたばかりの花や、工夫を凝らした表札やオブジェが微笑ましく、住宅地の真ん中に建つコンクリートの巨大な箱が異様に見えた。新築物件に移住してきた人たちは、これをなんだと思うのだろう。先住者から研究施設と聞かされて興味を持ったりしないのだろうか。少し離れた場所でタクシーを降り、歩いてそこへ向かうとき、真壁はそんなことを考えた。いやマジで、本当に冗談じゃないぞ。ヤバい予感しかしないじゃないか。

無口になった真壁を時々チラリと見上げつつ、蒲田も無言でついて行く。コンクリート壁の隙間から内部に入ると、奥から庵堂が走って来て、鉄の扉を開いてくれた。

「お疲れ様です。蒲田さんも」

素早く二人を招き入れ、すぐ施錠してから言った。

「雨宮は怒りで凶暴になってます」

イノシシですら素手で殺しそうな庵堂が言うのを、笑っていいのか悪いのか、わからずに蒲田は表情を作れない。だが、庵堂の目は笑っておらず、蒲田は次第に緊張してきた。

雨宮事務所は高いコンクリート壁で囲まれている。灰色の壁の内側はやはり灰色で、あらゆる装飾を排した無機質さだ。地面には白い玉砂利が敷かれ、四角くて黒い飛び石が灰色の建物へ向かって続く。建物は三階建てで敷地中央に立ち、侵入者が身を隠せるような死角はない。地面はフラットで植栽はなく、全体として巨大な墓石のようにも見える。漆黒の飛び石を踏みながら、三人は建物をぐるりと回り、門の反対側へと進んで行く。そちらだけに入口があるからだ。

「何度来ても緊張しますね」

蒲田はようやく言葉を発した。

庵堂が言った通りに雨宮縁は怒っていた。応接室で真壁と蒲田を待っていた縁は、響鬼文佳でもなければキサラギでもなく、女子高生の愛衣でも、大屋東四郎でもなかった。

ダボダボのデニムパンツに黒いダメージTシャツを着て、髪はボサボサ。忙《せわ》しなく部屋を行ったり来たりした挙げ句、物凄い勢いでソファに座った。顔色が悪く、唇は紫色。それなのに、乱れた前髪から覗《のぞ》く目は野生の狼《おおかみ》のような光を放っていた。

「誰ですか？　新しい主人公？」

部屋に案内されると真壁はいきなり庵堂に訊いた。

「他のシリーズは完結させたんじゃなかったでしたっけ？　ハンターシリーズだけに注力したいと言ってましたよね」

庵堂は答えず、真壁と蒲田に椅子を勧めた。

二人が縁の向かいに座ると、庵堂は一人掛けのスツールに腰を下ろしてこう訊いた。

「ネットニュースを見ましたか？」

応接テーブルにはピンクの封筒が載っている。新作『スマイル・ハンター』の感想を、真壁が縁に手渡したときのものだった。差し出し人は大原節子。渋谷区の路上で殺害された女性だ。真壁はそれに視線を落とし、重々しい声で答えた。

「見ました。竹田刑事にも電話しました」

「なんて言ってた？」

知らないキャラがキサラギの声で訊く。真壁はようやく縁の顔をまともに見つめ、片桐愛衣に化けたのと同じぐらい肌がきれいだと、関係ないことを考えた。縁が発する殺気を受け止める覚悟がなかったからだ。自分を鼓舞する為《ため》に深呼吸して、

「顔にスマイルが刻まれていたそうです」

と、真壁は告げた。

「スマイル？　スマイルってなんですか？」

事情を知らない蒲田が訊《たず》ねる。真壁は蒲田に顔を向け、

「森山は、死後に顔が切られてたんだよ。スマイルの形に」

「え？」

真壁は深く頷いた。

「竹田刑事情報だけど、『秘密の暴露』に当たるから、ここだけの話にしといてくれよ」

「え……え？　え。じゃ、さっきのニュースの人も？」

蒲田は血の気も失《う》せた顔になり、大きく目を見開いて庵堂と縁と真壁を順ぐりに見た。

「新手のスマイル・ハンターですか？」

意図せずに出た言葉がすべてを言い表しているようで、その瞬間、縁の身体《からだ》から陽炎《かげろう》のように怒りが立ちのぼるのを、蒲田は見たような気がして怯《おび》えた。ファンレターを載せた応接テーブルを睨み付け、誰かの声で縁は言った。

「ネットでは今度も死体はうつ伏せにされていた？　間違いない？」

「うつ伏せだったと書いていました。通報したのは新聞の配達員ですが、そのときすでに被害者は死亡していたそうです。現場は防犯カメラの死角だったので、今は他の通りのカ

メラを当たっているようですが……あと、これを竹田刑事が送って来ました」

真壁は自分のスマホを庵堂に渡した。

庵堂は画面を確認すると、それを縁に差し出した。

「黄金社へ真壁さんを訪ねてきたって人かな？　会議のときに」

「そうです。見覚えがありますか？」

「全くない。庵堂は？」

「ありません」

スマホは再び庵堂に渡り、庵堂は、

「私にも画像をください」

と言って真壁に返した。

「送ります。あと、同じ人物が、やはり本社ビル近くのマンションの防犯カメラに映っていたそうです。森山が殺された日の夜、八時過ぎですが」

「黄金社を見張っていたんでしょうか」

と、庵堂が言う。蒲田がキョロキョロしながら訊いた。

「え？　それって、最初から森山さんが狙われていたってことですか？　犯人は真壁さんの知り合いなんですか？」

「だから俺は知らないんだよ。勝手に訪ねて来ただけで」

真壁から庵堂のスマホにデータが送られると、それを覗き込んで縁が言った。

「その人はトキワと名乗ったんだよね？　トキワという名に聞き覚えは？」

「ありませんよ」

ブスッとして真壁が答える。

「痩せていて長身だね。庵堂と同じか、少し低い程度かな」

と、蒲田が訊いた。縁は顔を上げて蒲田を見つめた。

「写真見ただけでわかるんですか？」

「黄金社の受付カウンターは内側にモニターが隠れているから九十五センチと背が高いんだ。だからこの人物は一八〇センチ前後の身長になる。髪がボサボサなのも、黒い服を着ているのも、計算してのことかもしれない。わざと不穏な空気を演出したのかも」

「なんのためにです？」

真壁が訊くと、縁は両手で髪を搔き上げた。伏せた瞼《まぶた》は切れ長で、一文字に結んだ唇は片桐愛衣のそれに似ていた。

「たぶんぼく、雨宮縁へのアピールだと思う。トキワは偽名だね。永久不変の意味を持つ。雨なんて文字を苗字にしているぼくに当てつけたのかも。こいつにとっての永久不変は、たぶん……吉井加代子かな、わからないけど……黄金社へ真壁さんを訪ねて行ったのも、ぼくへのアピールだったのかもしれない」

「それで、どうして俺なんですか」

「アナタがぼくの担当だから」

「厭《いや》なこと言わないでくださいよ。ていうか、吉井加代子なら俺を知ってますけどね」

「そこだよ」

と、縁は唇を歪めた。

「加代子も玲奈も真壁さんを知っているから、二人が寄こしたハンターならば、危険を冒してまで受付に来たりしないよね。人気のないところで待ち伏せて、真壁さんを襲えばいいわけだから」

「ていうか、なんで俺が襲われる前提なんですよ」

ほんの一瞬、縁は顔を歪めて言った。

「敵は『スマイル・ハンター』の出版に関係する人物なら誰でもよかったのかもしれない。もしも『トキワ』が犯人だとして、このハンターは欲求を満たすために狩ってるわけじゃないのかも。ぼくを傷つけ、ジワジワと追い込んで、ぼくを炙《あぶ》り出したいのかな」

「著者の雨宮先生を襲いたくても、正体不明の覆面作家だからですね？」

と、蒲田が言う。

「トラップを仕掛けてハントする……新手《あらて》のやり方ですね」

庵堂の言葉に縁は苦悶《くもん》し、顔を歪めた。

「大原節子さんは雨宮推《お》しを公言しているファンだった。デビュー以来ずっとSNSでぼくの作品を取り上げてくれてたし、ブログで書店員だと公表してもいた。ネットに書評もあげていて、熱心なファンだとすぐにわかる状況だった……なにより素性が筒抜けだった」

「その人は、先生のファンだから襲われたんですか」

蒲田が訊いた。

「そうだとしたら許さない。ぼくは本気で怒ってる。今までにないくらいに激しく……ぼくなんかのために、無関係な人を、二人も手にかけたなんて……くそ……」

緑の瞳が潤《うる》んでいる。鋭い眼光はファンレターに穴を開けそうなほどだった。

「森山さんもこの人も、顔にスマイルが刻まれていた。それがスマイル・ハンターを揶揄《やゆ》するためなら酷いセンスだ。幼稚で悪趣味……頭のいい馬鹿がやりそうなことだ。森山さんを手にかけたとき、ハンターは猟奇的な手口が公表されると思っていたんじゃないのかな。でも警察は公表しない。だからすぐにまたやったんだ……短絡的でこらえ性もない」

「馬鹿ですね」

と、怒った声で真壁も言った。

「なら、死体を仰向けにしとけばよかったんですよ。いや、そこじゃないな……さすがに俺も腹が立ってきました。そいつは誰で、何を考えていやがるんですかね」

まったく頭のイカレた野郎ってのは……と、真壁はブツブツ言っている。

「いやいや、ちょっと待ってくださいよ。つまりこの犯人は、帝王アカデミーとは無関係ってことですか？　それなのに先生を追い込もうとしている？　え、一周回って先生のファンとか」

「なんでそうなるんだよ、ファンなわけないだろ」

蒲田と真壁は睨み合ったが、

「……そうか」

と、縁は呟《つぶや》いた。

「ぼくじゃなく、玲奈か加代子のファンなんだ……雨宮縁を捧《ささ》げることが目的か」

「どういうことです？」

と庵堂が訊く。

「犯人の狙いはぼくだ……そうか……」

そして縁は、突然真壁に視線を注いだ。

「真壁さん。『スマイル・ハンター』の刊行記念イベントをやろう。公開インタビューなんかどう？　会場にファンを入れるんだ。サインや握手は危険だからセットしないで、サイン本は予《あらかじ》め用意しておいて、希望者に販売すればいい。売れ残ったらボクが買い取る。会場でため書きを頼まれると、ぼくと読者が接近して危険だから、雨宮は腱鞘炎《けんしょうえん》でペンが持てないことにする。その代わり、来場者の質問に答える時間を作ればいいよね。そんな感じで会社に話を通してよ。そうでもしないと、この犯人は、待てずに次の犯行を計画するかもしれないよ。だから先に餌《えさ》を撒く。ネットで告知して、ぼくを襲うほうに気持ちを向けるんだ」

「はあ？」

真壁はアングリと口を開け、

「何を企《たくら》んでいるんです」

庵堂も縁を睨んだ。

帝王アカデミーグループの刺客《しかく》を用心するあまり、素性を明かさず、素顔も隠して、万全のセキュリティを敷いてきた縁が人前に出る？　真壁や庵堂の心配を余所《よそ》に、この日、初めて縁はニヤリと笑った。

「竹田さんも会場へ呼ぼう。あの人は刑事臭がすごいからバックヤードに隠しておくけど。ハンターは必ず会場へ来るよ。ぼくの素顔を知るために」

「こちらもトラップを仕掛けるんですね。それでハンターをおびき出す？　トキワと名乗った人物を？」

蒲田が訊くと縁は答えた。

「そうだけど、『あれこそが犯人だ』という先入観を持つのは危険だよ。本当に持ち込み原稿の人だったのかもしれないし」

「でも、少なくとも森山が死んだ夜、うちを見張っていたわけですからね」

真壁は恨みがましく、ネチっこく言った。

「犯人は極端な二面性を持つ人物だと思うんだ。だから防犯映像のイメージで捜すと見つけられないかもしれない。そいつは被害者を背後から襲い、わざわざ顔まで切っているのに、死体を再びうつ伏せにする。喉を切るのは躊躇《ためら》わないけど顔を見るのは厭なんだ。しつかり顔を見て切らないから傷がおざなりな半円形になる。加代子タイプの犯人ならば執《しつ》拗《よう》にこだわって切ったはず。逆に物凄い残忍性も秘めている。このタイプは外見と中身が乖《かい》離《り》して、異常者だと見抜くことは難しい。どちらの内面が支配しているかによって外見も変わるはずなんだ」

「うへえ」

と、蒲田が泣き声を出した。

「頸《けい》動脈でなく気管を狙ったのは、相手を苦しませたいけど返り血は浴びたくないからだ。絶命してから顔を切るのも血を浴びないためだけど、喉を切るまでは残虐性が支配して、実行後は興奮が収まって冷静になる。残忍性は影をひそめて死体の顔は見られない。この犯人は被害者を恐怖に陥《おとしい》れて快感を得るタイプじゃなくて、残虐性と冷静さ、その両方を操れるんだ。この前、竹田さんは口を濁していたけど、凶器はたぶんメスだよね」

「間違いないと思います」

と、庵堂が答えたときに、真壁は彼が外科医だったことを思い出した。

「メスは小さくて持ち歩きやすいし、同じ凶器を顔にも使っているから、快楽殺人者ではないとわかる。でも、メスは扱いが難しいから、犯人は医療関係者か、その知識がある人物かもしれない」

「じゃ、やっぱり帝王アカデミーの医師とかですか？」

蒲田が訊いた。

「そうかもしれない。そうじゃないかも」

「公開イベントをやれば来ますかね」

「必ず来る。冷静な方が止めたとしても、残虐な方は二人も殺して興奮しまくっているから制御不能だ。ぼくを探せないからトラップハントをしていたわけで」

「ふむ。だから顔出し、それがエサってことですか――」

真壁は呟き、ふと顔を上げてから、

「――当日は大屋東四郎で？」

と、訊いた。縁も真壁に目を向けた。

「いや。あれだとあまりに不自然だ。仮面を脱いで普通に……キャラは……そうだな……月岡玲奈の死んだ弟、片桐涼真でどうだろう」

真壁と蒲田は仰天し、思わず顔を見合わせた。縁はスッと目を細め、

「……ははあ」

と、無気味に頷いた。

「ぼくが思ったよりずっと、あなたたちは優秀だったね」

真壁も蒲田も無言のままだ。やっぱり涼真だったんですか、とは訊けず、何も知らなかった振りをするタイミングも完全に逸した。

縁は庵堂を振り返り、

「お茶にしない？」

と、ニッコリ笑った。

# 第四章　出版記念インタビュー

ハンターシリーズの一作目『スマイル・ハンター』は、真壁の不安を余所《よそ》に、予想を上回る売れ行きを博した。大原節子をはじめとする雨宮縁ファンが作中に描かれた『誰も知らない犯罪』に興味を示し、ＳＮＳなどで言及してくれたことで、ミステリー好きな読者だけでなく、ホラーファンやゴシップ好きな一般読者を獲得したためだった。

そうした背景もあって、真壁が提案した出版記念インタビュー企画はすんなり通り、社の反応も好意的だった。黄金社はイベントを切っ掛けに宣伝を打ち、ますます売り上げを伸ばしたいと考えたのだ。イベントの開催やその内容は担当者に権限が与えられるため、真壁は部局長の了承を得るとすぐ実行に移した。

社の了承を得たとはいっても予算は定められた額内から融通しなければならないし、会場の交渉も人員の手配もＰＲ方法も、企画するのは言い出しっぺの仕事である。真壁は蒲田の協力でＰＲデータを作成し、庵堂の力を借りてウェブ広告を仕上げ、それらを稟議《りんぎ》にかけて部局長のＯＫを取り付けた。縁の推測どおり犯人にこらえ性がないならば、次の犠牲者を出さないためにも罠《トラップ》は即刻仕掛ける必要があり、【スマイル・ハンター刊行記念・覆面作家雨宮縁が覆面も仮面も脱いで素顔を晒《さら》す】というタイトルをネットに上げたとき、『会場の設定はこちらでするから黄金社と雨宮縁事務所の共催として欲しい』と庵堂から言われたこと以外、詳細は何一つ決まっていなかった。それでも真壁はできることを即座にやろうと自分で決めて、

『――他人の笑顔を狩るハンター――傲岸不遜《ごうがんふそん》な犯罪者、それを生み出す組織とおぞましき犯行理由、気になる新作のあれこれを作者が語るイベントです。現在着々と準備中』

煽《あお》り文句を懸命に考え、蒲田が作ってくれた画像と一緒にネットに上げた。

続く記事では、イベントの開催告知があまりに性急だったことについての説明をした。万が一にもハンターがこちらの意図に気がついた場合も、怪《あや》しまれないようにしたい。多忙な作家が急遽《きゅうきょ》スケジュール調整を申し出てくれたのは、腱鞘炎《けんしょうえん》で書くことができなくなったためとした。それもこれも、すべては縁の指示である。

ネットに記事をアップすると、直後に本の情報誌の編集部からイベントを取材させて欲しいと電話があった。覆面作家雨宮縁が素顔を晒すという煽り文句に反応してのことらしい。

「黄金社さんは商売上手ですね。覆面作家で稼がせて、脱がせてまた稼ぐんですから」

何も知らずに好きなことを言うんじゃないよ、と真壁は思ったが、即座に反響があった

ことは喜ばしかった。そういうことも見越してか、庵堂はそれなりに広い会場を手配したいと言った。ついては出費もかさむため、雨宮事務所を共催として会場費を援助しましょうと。ステージを設営して来場者との間にスペースを設け、緑の安全を担保するほか、緊急事態が起きた場合は竹田なり庵堂なりが犯人を取り押さえやすくしたいのだそうだ。

「だけど壇上には俺もいるんだよな」

真壁は言って、鼻をこすった。作家と担当は二人三脚だから、緑が襲われた場合は自分も近くにいるわけだ。庵堂は緑を守るだろうが、俺のことは後回しだろう。万が一を想像すると不安ばかりが募《つの》ってくる。

ハンターの凶器はメスだ。医療用メスは扱いにくいと緑は言うが、振り回せばシャツと下着くらいは切り裂くだろう。真壁は「うーん」と考えて、背広のボタンは止めておくことにした。ネクタイもきつく結ぶぞ。喉や頸《けい》動脈を守るのに、鉛の繊維を入れたカラーを開発すれば売れるんじゃないか？　とまで考えて、そんな自分に苦笑した。あの先生の担当になってから、真剣に考えるのはこんなことばっかりだ。

スマホを出して、トキワなる人物の画像を確かめた。斜め上から撮った写真はボサボサの髪から覗《のぞ》く顔の一部しか見えず、全容は不明のままだ。ほんとにこいつがハンターか。二面性を持つと緑は言ったが、これがどう化けて、どうなるのだろう。しばらく画像を眺めていたが、

「やめたやめた」

と、スマホをしまった。縁のようなヤツもいるから、見分け方なぞわかるわけがない。変わらないのは身長と、あとは体つきくらいだろうか。背の高い客が少なくて、そいつだけ目立てばいいなと真壁は思い、いや、黄金社に来たときは踵《かかと》の高い靴を履いていたのかもしれないと思い直した。

とにかく、俺は、絶対に、来場者には近づかないぞ。

真壁は庵堂にメールして、会場を手配するときは司会台も借りて欲しいと頼んだ。司会台があれば縁と一緒にステージに上がらなくてもいいし、少なくとも敵が正面から襲ってきた場合は盾《たて》になるから。

しばらくすると、庵堂から会場の見取り図が送られてきた。黄金社からそう遠くない九《く》段下《だんした》の高級ホテルで、『参加者が少なかったら黄金社のサクラを動員できるね』と、縁が笑っていると書かれていたが、オタク気質のファンは推《お》しのためならどこからだってやって来る。ましてやそれが覆面作家の素顔を見られる機会となれば、抽選による人数制限が必要なくらいだ。けれども今回は犯人をおびき出すのが目的だから抽選はできない。告知は控え目に、けれど犯人の目を惹《ひ》くように、その塩梅《あんばい》が難しい。庵堂や縁は真壁の苦労も知らず、バックヤードの見取り図が入手できるかどうかで会場を決めたのだと思う。見取り図があれば犯人の動きが予測でき、縁を襲いにくい配置の部屋を選べるからだ。

その部屋は来客の出入口がひとつだったが、ステージ裏にスタッフ用のドアがあり、パーティションで隠されている。パーティションの裏側に音響設備やモニターが設営されているので、そこに竹田らが潜《ひそ》んでいられるというわけだ。出入口の外は通路を広くとって受付ブースを置けるように設計されているから、来場者が多くても混乱しないことだろう。真壁は見取り図を竹田にも送り、電話してその後の捜査状況を聞いた。

「どっちの被害者も人間関係のトラブルは見つからなかったよ」

竹田はそう言ってから、

「あの先生はスマイル・ハンターだからスマイルを刻んだって言ってたけどよ。あんたもそう思うのか？」

「飽くまでも雨宮先生の推理ですけど」

「まあ、そうだよなあ。作家の頭ん中の話じゃな……もしもそれが本当だったら、あまりにも……なんだ……人を馬鹿にしてるよな」

「但《ただ》しスマイル・ハンターは実在の話なんですよ？　死人の顔は刻まないけど、ターゲットの笑顔を奪うために笑顔と泣き顔の写真をコレクションしていたなんて、余計にゾッとしますけどね」

竹田は「だよな」と唸《うな》ってから、

「あれだけどよ、全部読んだぞ、気色悪い小説。ありゃ、どこまでが本当なんだ？」

「本そのものはフィクションですが、どこまで本当かは竹田さんのほうがよくわかっているんじゃないですか。おそらくは、書かれた以上に事故や自殺で処理されてしまった案件があるんだろうと思ってますけど。もしも雨宮先生が犯人を炙《あぶ》り出さなかったら、今頃はもっと……」

「わーかったって、そう責めるなよ。警察だって万能じゃねえんだよ。俺が何人もいねえのと一緒で」

自分なら見逃さなかったとでも言いたげだ。

「で？　裏になんかいるのかよ？　ホントにか？　アカデミーと、その経営者、あとは吉井加代子とかいう女が黒幕なのか？　前にあんた、俺に訊《き》いたよな？　吉井加代子を知ってるかって」

それについて言えることはまだなにもない。証拠がないし、証拠があれば縁だって警察に訴えていたはずだ。

「どうなんでしょう」

と、真壁は言葉を濁《にご》した。

「作家の頭の中では話がつながるようですが……実際に事件が起きて、犯人がいて、それが続くと俺もね、さすがに小説の話でしょうと笑えなくなってきてますよ。一番は森山がそんな野郎にどうこうされたと思うのが癪《しゃく》で、厭《いや》なんですよ。しかも今回亡くなった大原さんに至っては、善意の一読者ですからね。それを……」

怒りで声が震えそうになったので、

「ふざけているにも程がある。人を殺してスマイルなんて……」

真壁は一瞬押し黙り、昂《たかぶ》る気持ちを静めてから、改めて竹田に訊いた。

「捜査本部は今回の事件をどう見てるんです？　連続殺人とは思ってくれてるわけですよね？」

「そこがなーっ」

違うのか。

苦虫をかみつぶしたような顔で、ベタ付いたおかっぱ頭を掻《か》いている竹田の様子が目に浮かぶ。

「そう簡単に連続殺人なんざ起きねえってのが、日本警察の考えなんだよ。連続連続騒ぐのは、ドラマの見過ぎか、事件を十把《じっぱ》一絡《ひとから》げにしといて一度の検挙で済まそうってな手抜き思考だと思っているのさ」

「え、じゃあ同一犯としては捜査してくれていないんですか？」

「だからよ、警察としては、だな、あらゆる角度から捜査するのが定石なんだよ。こっちは真《ま》っ当《とう》な人間で、イカれたハンターじゃねえんだからよ」

なんだか腹が立ってきた。

「そうですか、わかりましたよ。つまりイベントには来ないんですね」

「バカか、行くに決まってんじゃねえか」

竹田は即答し、

「民間人の協力申し出はありがたく頂戴《ちょうだい》するのが、優秀な警察官だからな」

わけのわからない理屈を述べて、そそくさと通話を切ってしまった。


五月下旬。日中は晴れたが夕刻に通り雨があり、陽《ひ》が落ちると会場周辺の路面が水鏡となって街の明かりを逆さに照らした。性急な開催だったにも拘《かか》わらず出版社や書店からの花束が会場に届き、取材カメラマンも何人か来て、真壁は急遽会社の仲間に、サクラではなくスタッフとして応援を頼む羽目になった。

刊行記念イベントは午後七時半からの開催だが、竹田とその部下はホテルの客を装《よそお》って二時間前に会場入りし、パーティションで目隠しされたステージ裏に陣取った。部屋は出入口の対面になる場所にステージを設営し、その裏側にスタッフの通用口を置く動線とした。ステージ裏の通路から縁を登場させれば会場内を通過しなくて済むので安全だ。来客用の出入口近くに販売ブースを置いて、サイン本はそちらで購入できるようにする。ブースの並びには作者への贈り物を預かる窓口を用意して、縁に直接手渡すことを禁じる。残念ながら作家は腱鞘炎で手が使えないと事前告知し、縁は痛々しく手指にテープを巻いておく。いつも影のように寄り添っている庵堂は容姿が目立つので引っ込んでもらい、ステージの両端に真壁と、事情を何も知らされていない文芸局の編集長が立つ。自分には司会台を用意したくせに、縁の近くでステージに立つ編集長についてはさして危険がないだろうと、真壁は思うことにした。

こうして開催の一時間前には、竹田や縁らと相談して設《しつら》えた会場のセッティングが整った。いま、真壁は緊張の面持ちで司会台の後ろに立って、来場者ひとりひとりを見つめている。

「お水をお持ちしました」

白手袋をはめたホテルスタッフが喉を潤《うるお》す水を運んで来てくれた。洒落《しゃれ》た水差しと透明なコップが司会台の内側に置かれると、真壁は早速水を飲み、用意した原稿に目を通した。

もっとこぢんまりした会にする予定だったのに、来場者は途切れない。覆面作家が仮面を脱ぐというだけで、見世物小屋に人が集まるような騒ぎになった。これではハンターに好都合じゃないか。それが証拠に入場者が多すぎて、トキワと名乗った男と見比べることがすでにできない。

真壁は天井のモニターを見た。会場では何台かの防犯カメラが稼働して、竹田が裏でそれを見ている。刑事の専門的な観察眼なら不審者の見分けはすぐにつくのか。けれど挙動不審なだけではどうにもできないわけで、今夜はこっちがハンターをロックオンするに留《とど》まるのだな。真壁の頭を様々な考えが巡っていく。

今夜必ず雨宮先生が襲われると決まったわけじゃない。それに俺には司会台がある。短いメスでは届くまい。こっちから来たらこう逃げて……。

耐えきれずに真壁はネクタイをゆるめた。

午後七時二十分。開催間近となったのに、来場者は途切れない。座席の半分以上が埋まっても、販売ブースや入口にはまだ大勢の人がいる。全員が着席してこちらを向かないと、顔がはっきり見えないいじゃないか。出席者の顔がデータに収まらないと捜査に役立てることができない。そう考えたとき、真壁はようやく自分の気持ちに気がついた。長くイライラしていたわけも。

ああ、そうか。俺は森山たちの仇《かたき》を討《う》ちたいんだ。ずっと事件に怒っていたんだ。あんないい人たちを騙《だま》して、手にかけて、死体まで弄《もてあそ》びやがって。どこのどいつか知らないが、逃げ切れると思うなよ。こっちにはな、変態作家としつこい刑事と、庵堂って切れ者がついてるんだよ。逆におまえを狩ってやる、テメエ、狩ってやるから覚悟しやがれ。

真壁はおもむろにマイクのスイッチを入れ、来場者にアナウンスした。

「間もなくイベントを開催致します。来場者様におかれましては、着席してお待ち頂けますようお願い申し上げます。なお、サイン本などはイベント終了後にもご購入頂けますので……」

喋《しゃべ》っている最中だというのに、パーティションの裏側から、

「編集者ってなぁ司会もすんのか、器用だな」

と、竹田の笑う声がした。

午後七時三十分。これも縁の提案で会場内の調光が下げられ、ステージのほうが明るくなった。自分のいる場所が暗くなるとハンターは視線を動かしやすくなる。一般来場者とハンターとでは注意を向ける場所が違うから、竹田が映像を見れば敵をスキャンしやすいわけだ。主催者側にも盗撮されにくい利点があって、ステージにカメラが向けばライトが光るから、関係者が席まで行って脇へ呼び、データを削除してもらうように頼める。

真壁がアナウンスしたせいもあり、開催時間には来場者のほとんどが着座した。扉の前に立っているのは取材カメラマンと黄金社のスタッフだけだ。編集長もステージ脇に待機しているし、反対側の司会席には真壁がいる。ステージ上には屏風《びょうぶ》が置かれ、両側にスタンド花が。中央よりやや司会席寄りに花で飾ったテーブルがあり、そこで縁がインタビューを受ける手はずだ。インタビュアーは編集長で、司会進行をするのが真壁。ほかに二名のホテルスタッフが制服姿で壁際に立つ。さっき水を運んでくれたのもその一人だ。

真壁は軽く深呼吸して、再び司会用マイクのスイッチを入れた。

「大変長らくお待たせ致しました。ただいまより……」

流暢《りゆうちよう》にイベントの開会を告げる。

心臓はドキドキ躍っているが、決して厭な緊張感ではない。むしろ血が滾《たぎ》ってくるようだ。わずか一時間の会ではあるが、会場準備からイベント開催、来場者の退席と撤収までを換算すると相応の長丁場となる。それに加えて本来の目的が否応《いやおう》なしに緊張を煽ってくるが、森山たちの仇を討つと心に決めれば、迷いも恐れも吹き飛んだ。もともと人前で話すのは得意なほうだが、ハンターについて何も知らされていないふうを装うことは難しい。だが、被害者二人のためにも絶対にヘマをするわけにはいかない。

真壁はなるべく善良な表情で、本を売るためだけに司会しているフリをした。デビューからここまでの雨宮作品に加え、ごく簡単に作家のプロフィールを紹介してから、

「なお、誠に申し訳ございませんが、現在雨宮先生は腱鞘炎の治療中でして、本日はサイン本の『ため書き』や握手などに応じることができません――」

と、エクスキューズを繰り返し、

「――もっとも、それによって執筆の中断を余儀なくされて、この会が開催できたわけですが」

と、来場者から笑いを取った。笑っていない者がいるだろうかと入場者を見たが、薄暗

いうえに人が多すぎてわからない。そちらは竹田に任せて進行する。

「雨宮先生はデビュー以来、公《おおやけ》には素顔を公開して来ませんでした。本日、撮影を禁止させて頂いたのもそのためで、基本的に今後もそのスタンスで行くようです。ですから報道の皆様におかれましては――」

最後尾でカメラを構える報道陣に目を向けて、

「――ぜひイケメンに撮って欲しいと仰《おつしや》っています」

またも会場の笑いを誘うと、パラパラと拍手も聞こえた。出だしOKと自分を褒《ほ》める。

「では、雨宮先生に登場して頂きましょう」

スポットライトは用意していないけれども、パーティションの切れ間からスッと一人の青年が出てくると、会場はどよめき、やがて拍手に包まれた。

白の綿シャツにカジュアルなテーラードジャケットを重ね、デニムパンツを穿《は》いた縁は、ピアスやネックレスをしても似合いそうな風貌なのに、そうしない。人の多さに驚いて一瞬佇《たたず》み、戸惑いながら編集長を振り向いて、『テーブルと椅子があるけど、座っていいかな？』と仕草で訊《たず》ねる。編集長が笑顔で椅子を勧めると恐縮して掛け、何度か座り直して、一気に会場の空気を和《なご》ませた。

「雨宮縁先生です」

真壁が言うと座ったばかりの椅子から立ち上がり、胸に手を置いてお辞儀した。フラッシュが焚《た》かれ、拍手が湧く。役者になっても喰《く》っていけるな、と真壁は思う。

「今夜は新刊『スマイル・ハンター』についての制作秘話など、貴重でコアなお話をどんどん聞かせて頂きますので、よろしくお願いします」

縁が頷《うなず》くのを待ってから、真壁はインタビュアーも紹介した。編集長もステージに上り、縁が着いたテーブルから少し離れた椅子に腰を下ろした。ワイヤレスマイクを手に持って、自己紹介は本人がしたが、長いので真壁が途中でやめさせた。

こんなふうに、記念イベントは和やかな雰囲気で始まった。

会場の空気が変わったのは会の後半。ハンターシリーズを書こうと思ったきっかけについて、編集長が縁に訊ねたときだった。

「今作を読んで面白いと思ったのは、犯人が捕まって、それで終わりではないところです。第一作ではそのあたりの謎を積み残しているようですが……積み残していますよね？」

「はい」

と、縁は明快に答えた。編集長はホッとしたフリをする。

「よかった……読めないヤツだと言われなくて」

来場者たちが微《かす》かに笑う。

「ただ、読者によってはスッキリと解決させて欲しい人もいると思います。作品を創っていく上で、どういう狙《ねら》いを持っていますか？　もしくは挑戦されているのでしょうか」

「……そうですね」

縁はついと顔を上げ、来場者を端《はし》から端まで見渡した。瑞々《みずみず》しい肌質が照明に照らされ、前髪の隙間に覗く瞳がキラリと光る。真壁は思わず息を呑《の》む。

「黄金社さんで出している本ではなくて恐縮ですが、ぼくが書いているシリーズで、女性探偵が『まだ誰も気付いていない事件』を暴くというのがあります」

「『黄昏のマダム探偵・響鬼文佳シリーズ』ですね？　存じています」

如才《じょさい》なく編集長が補足する。

「恐縮です」

来場者に目を向けたまま、縁は突然、底冷えのするような声で宣《のたま》った。

「新作『スマイル・ハンター』は、作中に出てくる殺人者同様に他人を不幸にして喜ぶ絶対悪を炙《あぶ》り出すために書きました。ぼくが覆面を脱いだのも、『まだ誰も知らない、事件にもなっていない事件』を暴くため。この会場に紛れ込んでいるハンターを、おびき出すためなのですよ」

真壁は背筋が冷たくなったが、来場者たちも驚いて一斉にざわめき出した。その一瞬にわずかながら腰を浮かせた人物がいて、暗がりの中でも動きが見えた。

「……なーんて、驚かせてすみません」

縁は会場から目を逸《そ》らし、編集長に笑顔を向けて頭を掻いた。

編集長は心臓発作を起こした素振りで胸を押さえて、

「え？　や。驚かさないでくださいよ。ビックリしたじゃないですか」

「いま喋ったのは、別の版元さんから出ている『サイキックシリーズ』の『キサラギ』というキャラです。書く上での狙いや挑戦についてですけど、ぼくの場合はこんなふうに、作中キャラに命を持たせる工夫をします。響鬼文佳も、キサラギも」

「他社の紹介ばっかりじゃないですか」

爆笑の渦が起き、会場内の調光が上がる。部屋が明るくなったのは、インタビューコーナーが終了するという知らせのためだ。真壁が司会進行をする。

「雨宮先生から制作秘話について伺いました。ところで雨宮先生は、ここのところシリーズを次々に完結させておられますが、それには何か理由があるのでしょうか」

縁は体を回して司会席のほうを向き、軽く頷いてから言った。

「黄金社さんでデビューさせて頂いてからここまで、様々な作品を書きまくってきましたが、最近はもう少し落ち着いて書いてみたいと思うようになりました。長く作家を続けるためには世界を広げることも必要なんじゃないかと」

そしてその目を客席に向け、

「今後は活動拠点を海外に移すつもりです」

と言った。

「えーっ」

「せっかく会えたのに」

と、会場から声が上がると、縁は笑った。

「今までも覆面作家だったので、なにが変わるということでもないと思います。ぼくが日本にいなくなるだけで……ゆっくりとですが、この先も書かせて頂けたら嬉しいです」

「ちなみに、ですが、続編『ネスト・ハンター』の出版も決まっていますので――」

すかさず編集長が釘《くぎ》を刺す。

「――弊社からの刊行予定ですから、ファンの皆さんは応援よろしくお願いします」

「ぼくからも、どうぞよろしくお願いします」

縁は立ち上がって頭を下げた。

会場から盛大な拍手が湧くと、真壁は上手くその場をまとめ、インタビューコーナーを閉じて、縁への質問を受け付けた。

隙を見て真壁は水を飲む。緊張で喉がカラカラだ。

よし。罠《トラップ》は仕掛けたぞ。それにしても、縁がハンターに宣戦布告したあの瞬間は、わかっていても心臓が止まりそうだった。雨宮縁手当をつけてもらわなきゃ割に合わない。

縁がステージを降りるまで残り数分。活発に質問が来て、今では編集長がステージ上から好き勝手に会を仕切っている。来場者のなかには席を立つ者もチラホラ出てきた。会が終了すると販売ブースが混むので、サイン本を購入しに立って行くのだ。そのまま会場を出る者もいて、そちらはホテルスタッフが対応している。案じたわりに大きな混乱もなく、縁は無事にステージを下りた。お開きを宣言しても会場はすぐ空っぽにはならず、真壁や編集長も取材陣と挨拶を交わしたり名刺交換をしたりと忙しく、販売ブースや受付コーナーから最後の客が消えたのは午後九時過ぎのことだった。

「いやあ真壁くん、お疲れ様」

会場から客が消えると、盛況ぶりに気をよくした編集長が真壁をねぎらいに近づいて来た。近くにいながら隠れている竹田は顔を見せず、縁もバックヤードに引っ込んだままだ。

「どう？　このあと先生と会食を予定してるの？」

編集長は一緒に飲みに行きたそうだったが、今日の目的はそれじゃない。

「先生は腱鞘炎だから、酒はダメなんですよ」

と、適当なことを言う。

「なんだ、そうか。残念だなあ。真壁くんが書かせすぎなんだよ。だから海外へ逃げて行くんじゃないのか」

数字を取れと言うくせに、こんなときだけ作家先生を擁護《ようご》する。真壁は司会の原稿を片

付けながら、

「うちだけのせいじゃないですからね」

と、視線を逸らした。どうやら販売ブースの撤収作業も終了したようだ。

「お疲れ様でした」

「お先に失礼します」

社から手伝いに来てくれた者たちが挨拶《あいさつ》に来て次々に去って行き、ものの数分で会場内は空っぽになった。どこでどう処理をしたのか、山のように飾られていた花もなくなり、真壁の持ち帰る分が司会台に置かれている。床には大きな手提げに入った花かごがあり、そちらは縁の分らしい。ファンレターやプレゼントは中身を確認してからでないと作家に渡せないので黄金社に運ばれて行ったようである。飲み会を断られた編集長が花を抱えて去ったあと、真壁はようやくパーティションの裏を覗いた。竹田は部下の刑事と共に撮影データを回収していた。

「どうです？　怪しい人物はいましたか？」

「いたかもしれねえが、まだわからん。ボサボサ頭の野郎はいなかったが」

「先生は二面性のある犯人だろうと言っていました。だから同じ容貌では来ないんじゃないかって……そのあたりも詳しく解析してくれるんですよね？」

竹田はジロリと真壁を睨《にら》んだ。

「何を期待してんのか知らねえが、こっちにはよ、素人さんのネタになるようなオモロイ話がいつもあるわけじゃねえんだよ。ま、今夜はご協力頂いて感謝してます、ってところだが」

竹田は若い刑事にデータを渡し、先に戻れと指示をした。

「お疲れ様でした」

そう言って通用口から顔を出したのは縁で、真壁と同じに、

「誰か怪しい人はいましたか？」

と、刑事らに訊ねた。竹田は「ふん」と鼻で笑って、

「素人がゴチャゴチャうるせえよ」

若い刑事のケツを叩《たた》いた。

「ちゃんと解析にかけてもらえよ？　あとで本部へ見に行くからな、サボんなよ」

「承知しました」

「走って行け！　時間を無駄にするんじゃねえ」

ホテルスタッフがやって来て、並べた椅子を撤収し始めると、

「先生様はどうするんだよ？」

竹田が縁を見て訊いた。答えたのは真壁だった。

「今日はこれで終わりですから、先生を送って俺も帰ります」

「お疲れ様でした。じゃ、ぼくもこれで」

「ちょい待てや。ボディガードはどこ行ったんだよ？」

「目立つので外しています。そうしてくれと言ったの、竹田刑事さんじゃないですか」

縁は薄く笑った。

「そう言いながらどっかにいるんだろ？」

「まさか。子供じゃあるまいし」

「本当にいねえのか？　じゃ、なんでいつもあんたを見張ってんだよ」

「見張ってるなんて人聞き悪い。庵堂さんは秘書だから、一緒にいるのは当然でしょう」

と、真壁が言うと、竹田は疑り深そうに、

「俺はよ……てっきりあんたらがデキていて、あっちがいつも目を光らせてんじゃねえかと思っていたよ。違うのか」

「想像が逞《たくま》しすぎですよ。刑事と作家って思考回路が似てんのかな」

竹田にそう言いながら、真壁は会場を片付けているスタッフたちに目を配る。

イベント中にハンターの襲撃がなかった場合は『作戦2』を始動することになっていた。今回のハンターは直情思考でこらえ性がないから、素性を明かさない作家が日本を出て行くと知らせれば、行動を速めるはずだというのが縁の考えだ。よってこのあとは、しばらく縁を独りで歩かせ、ハンターを確認してから庵堂にあとをつけさせて、素性を調べて竹田に知らせるか、もしくは突然襲ってきた場合……真壁は縁を守れる庵堂を捜したが、こういうときに限って姿が見えない。

竹田は小柄で強そうではないが、一応は刑事なのだから誰もいないよりマシかもしれない。いや、だけど、先生を独りにすることが肝要なわけだから……あれこれと考えながら、自分の花と縁の花かごを抱えて会場を出ると、竹田も離れて後ろをついてきた。

ロビーに下りると縁を出待ちするファンが待っていて、控え目ながらもやや強引に、真壁と縁の近くへ寄って来た。なかに背の高い男はおらず、全員が女性だったため、縁は求められるままに痛々しい手で握手を交わし、にこやかに手を振ってホテルを出た。

庵堂がいたら止めたはずだが、自分は庵堂ではなく編集者だからと、真壁は自分に言い訳をした。ここで握手を断ったなら、買ってもらえるはずの本が売れなくなってしまうかもしれない。

「芸能人かよ」

距離を取って歩きながら竹田が笑う。そのまま彼は離れていき、挨拶もせずにどこかへ消えた。

雉子橋《きじばし》通りを行くときも、すれ違う者がハンターではないかと緊張した。警戒する素振りは見せたくないので、縁と益体《やくたい》もない話をして平静を装う。高架下を通って北《きた》の丸《まる》公園の方角へと進んでみたが、監視社会と変じつつある都内で防犯カメラの死角になる場所を捜すことは難しく、どうやって自然にそちらへ足を運べばいいのかと、ありもしないストーリーを考えたりする。

人の動線というのは決まっていて、何か目的がない限り、最短コースで最寄り駅かタクシーを拾える場所へ移動するはずだからだ。事前に縁が言うことに、二件の狩りではハンターが防犯カメラの死角を調べていたはずで、今夜もネットに会場の情報が出た瞬間から周辺の下調べをしているに違いないと。だから縁が帰路に着くとき、なるべく自然に死角を通りたいというのだ。ルートは竹田に頼んで割り出してある。

「タクシーを呼べばよかったですね」

わざとらしく縁に言うと、

「いいんです。少し歩きたかったので。このあたりはきれいだし、日本にいるのもあと少しだから。荷物、自分で持ちますよ？」

そして花かごを受け取ろうとしたが、真壁はそれを抱え直して言った。

「いや……別れ道まで持ちますよ。先生は手が痛いんだし」

北の丸公園に近づくにつれ、夜風に水の匂いを感じた。周辺はそれなりに明るいが、森山が殺された場所も明るい通りのすぐ近くだったのだから油断はできない。

「本当に大丈夫かな」

さっきゆるめたネクタイを締め直しながら真壁は呟《つぶや》く。口の中だけで呟いたつもりが、ブツブツ文句を言っているように聞こえる。

「イベントは無事に終わったけどさ、さすがにもう、庵堂さんが出てきてくれてもいいんじゃないか。全然姿が見えないんだけど、大丈夫かな」

「キョロキョロするのは不味《まず》いんじゃないですか？——」

聞きとがめて、縁は言った。

「——今夜、絶対に襲われると決まったわけでもないし」

「ステージであれだけ煽って、そりゃないよ」

やや声に出して言うと、縁は首をすくめて見せた。

「煽ったかなあ」

「煽りましたよ。諸悪の根源を炙り出すとか言っちゃうし、スタンスとして覆面作家も続ける気だし、間もなく日本とオサラバすると……それだけ煽れば『かかってこいや』って言ってるようなものじゃないですか……なんかさ、毎度、毎度、先生に上手く使われてるような気がするんだけどね」

「ぼくもです」

と、気弱な声で縁が言うので、真壁はマジマジと彼を見て、

「まさしく新キャラ……いいですねえ」

と、笑った。溜息《ためいき》交じりの笑みである。

「ところで真壁さんは見ましたか？　あのとき、一瞬、会場で、腰を浮かせた人物がいたのを」

「気付いたけど、よく見えなかったんだよね。女性じゃないのはわかったけど……そっちはどうなの？　顔を見た？」

「一瞬すぎて」

　と、縁は首を左右に振った。防犯カメラの死角になるのは、夜間に歩いてもさほど危険を感じない道だ。間もなくそこにさしかかる。川縁《かわべり》に遊歩道がある場所で、縁とはそこで別れて、彼を独りにしなければならない。心配になって真壁はコソッと囁《ささや》いた。

「そろそろ俺は離れますけど、ＯＫですね？」

「え、ああ。どうもありがとうございました」

　今夜の縁は素直でかわいい。真壁はその場で立ち止まり、作家の分まで抱えてきた花かごを縁に渡した。手指にテーピングしている縁でも持ちやすいよう手提げ袋に入れたのだが、花が大きすぎて腕に通して持つのも難儀そうである。それでも縁は花を持ち、真壁は真壁で荷物のボリュームが減ったことを心許《こころもと》なく感じた。まあ、花束ひとつだって振り回せばそれなりに防御の役には立つだろう。あっちも腱鞘炎は嘘《うそ》なんだから、いざとなったら手提げを振り回して戦えばいい。でも、まてよ、先生を襲うと見せかけて、実は俺を襲ってくるかもしれないぞ。そうやって先生のメンタルにダメージを与えようとか……周

囲の様子をチラ見したいが、それでは不自然になってしまう。動きを止めた真壁に縁が、

「大丈夫ですか？」

と、小声で訊いた。

真壁は自分の花を高い位置に抱え直すと、縁に向かって片手を挙げた。

「それじゃ、俺はこっちの方向なんで。お疲れ様でした。またメールしますから」

営業トークらしく大きめの声で言う。

「はい。ありがとうございました」

深々と頭を下げる縁を見てから、防犯カメラのある方向へ移動した。

数歩歩いて振り向くと、川縁の遊歩道に立ったまま、縁はまだ真壁を見送っている。邪気のないその表情が、一瞬、入社当時の森山の笑顔に重なった。同じ会社で働いていても、部署が違えば顔を見る機会もさほどなく、死んだと聞いても、喪失感も、実感すらもなかったが、なぜなのか、周辺に出版社が多い立地で夜風に吹かれていると、突然悲しみに襲われた。それは理屈でも感傷でもなく、若かりし頃に共に感じた情熱や、共に描いたはずの出版の未来、その後に感じた失望や、なにくそと奮起した日々や、それらすべてを理不尽に奪われたことへの悲しみだった。

独りで夜道を歩きつつ、こんなはずではなかったと森山の代わりに真壁は感じ、やり場のない気持ちが涙になって意思と関係なく頰を流れた。ちくしょう、なんだよ、これはな

んだ？　真壁は花束で顔を隠して、防犯カメラが設置されている暗い道を進んだ。その先で道は折れ曲がり、あとは明るい通りが竹橋駅《たけばし》へ下りる地下道へ向かっている。

曲がり角の手前で涙を拭い、一歩足を踏み出そうとしたときだった。真壁はグイッと腕を引かれて建物の陰に引っ張り込まれた。

傾向と対策をあれほど練《ね》ってきたというのに、災難は、緊張の糸が途切れた隙を衝《つ》いてくる。咄嗟《とっさ》に花を振り回していると、「バカ、俺だ、俺だ」と、竹田が言った。

「うはーっ」と息を吐いてから、「なんなんですか」と真壁は吠《ほ》えた。

古いトレンチコートを着込んだ竹田は、おかっぱ頭に百合《ゆり》の花粉が付いている。

「その様子じゃ、俺に襲われたと思ったかよ」

「思いませんけど、驚くじゃないですか。心臓が止まったらどうしてくれるんですか」

「小せぇ心臓だな、おい」

と、髪の毛に絡みついたカスミ草と百合の花粉を振り払いながらニヤニヤ笑う。

「本庁へ戻ったんじゃなかったんですか？」

「いや。そっちは先生の無事を確かめてからだ」

地面に散らばってしまった花びらを靴で端へ蹴り寄せながら、真壁は言った。

「あっちは庵堂さんがいるから大丈夫ですよ。彼を独りにするのが作戦ですから」

「作戦っておまえ……民間人には逮捕の権限ねえんだぞ？　知らねえのかよ」

「現行犯なら私人逮捕できるはずでしょ」

「バカめ、実際にはそれを証明すんのが難しいんだよ。そこんところは先生もよくわかってるはずだがな……なんでそんなに焦ってんだよ？　いつもクールな先生らしくもねえ」

「とはいえあの先生ですからね、普通に考えない方がいいと思いますよ？」

「まあ……そこだよなあ……実はよ、今しがた、こんなものが送られてきてよ」

竹田はガラケーの携帯電話を出すと、受け取ったメッセージを真壁に見せた。

——不審人物が雨宮を追います——

メールには男の画像が添付されている。その男がイベント会場にいたかは定かでないが、トキワを名乗った男のようなボサボサ髪ではなくて、シルバーグレーをオールバックになで付けて、高そうなサマースーツを着た紳士であった。銀縁眼鏡《ぎんぶちめがね》をかけて口髭《くちひげ》を蓄《たくわ》え、おそらく会場に使ったホテルのロビーで、新聞片手にコーヒーを飲んでいる様子を写したものだ。もしかすると縁と真壁が出てくる様子を離れた場所から見張っていたのかもしれない。彼の視線の先に自分たちはいて、縁がファンと握手をしていたのだろう。

「庵堂さんからですか？」

真壁が訊くと、「だろうな」と、竹田は答えた。

「先生を送っていくとき、後ろにいたか？　この男」

真壁は眉をひそめた。

「気がつきませんでした。ただの編集者のフリをしてたし」

「バカか、なんのために手鏡を持ってんだよ」

あ、そうだった。と、真壁は思ったが、花で両手が塞《ふさ》がっていたのだから仕方がない。

「ったく……部下ならシバくところだぞ」

と、竹田はブツブツ文句を言った。それにしても……真壁は写真の男に見覚えがあるような気がした。しばらく画面を見つめていると、

「なんだ？」

と、竹田がまた訊いた。興奮のせいか、武者震いなのか、立ったまま貧乏ゆすりをしている。

「この人……どこかで見た気がするんですけどね」

「ほんとうか？　誰なんだ」

「いや……だからそれを考えているところで……」

知り合いでは、もちろん、ない。仕事の関係者でもないと思う。本人が動いたり、会話しているイメージも記憶にない。でも知っている……誰だ？……どこで会ったんだろう……記憶は霞《かすみ》のようにつかみどころがないものの、これと同じスカした表情を見たことがあるはずだ。さらに、いい思い出ではなかったような感じがする。微かな嫌悪感に覚えがあるのだ。なんだろう、この厭な感じは。どうして、よく知りもしない相手に嫌悪感を持

ったのだろう。

「思い出したか?」

「ダメですね」

「なんだよもう」

と、竹田がぼやく。

「だけど庵堂さんが連絡くれたってことは、この人が先生をつけているのを庵堂さんが追いかけてるってことですか? つまり、庵堂さんは先生の近くにいなくて、先生と男よりも後ろにいる。大丈夫なのかな」

「大丈夫なわけねえだろ」

竹田は真壁が抱えていた花束を奪うと、地面に置いて「行くぞ」と言った。

「せっかくもらった花なのに」

「あとで回収すりゃいいだろ。道端の花なんざ、薄気味悪くて誰も取っていかねえよ」

「厭な言い方するなあ」

名残惜しげに花を見ながら、真壁は竹田を追いかけた。

一方、遊歩道に残された縁は、真壁が去ってしまうと、水の匂いがする風や薄暗い川縁の小道や、その植え込みに置かれた間接照明の赤さなどが急に心細く感じられていた。首をすくめて背後を見たが、嵩上《かさあ》げされた大通りが影になり、遊歩道自体も照明の演出が為《な》されていて、設計者が見せたい部分だけが明るく、明るさに切り取られるかたちで随所に闇が黒々としていた。立ち止まって耳をすませたが、足音などは聞こえない。進む先は整備されて川面《かわも》を眺められるコーナーもあり、ベンチなどが置かれて、何もなければ美しい散歩コースだ。狭い空間を広く見せる手法が用いられているため歩道は単純に一本でなく、中間に木を植えてわざと分岐させている。樹木で視界が遮《さえぎ》られるから人が身を隠せる場所は多いのだ。

デートを楽しむカップルがこちらへ向かって歩いてくる。縁も再び歩き始めると、手提げに入った花かごがコツコツと腰骨に当たった。川と歩道を仕切る柵の手前にベンチが並び、ずっと向こうのベンチには酔っ払いが仰臥《ぎょうが》していた。ダランと手足を投げ出して、前後不覚のようである。

少なくとも人がいる近くで襲撃はないだろう。そもそも襲撃なんかしてくるのかな。あとをつけて、所在を知って、それから計画を立てるほうがいいと思うけど、犯人の性格からして激情に駆られて凶行に打って出る可能性は大いにある。いや、もしかしたら、あの酔っ払いこそがハンターだとか……脇の下に厭な汗を掻き、自然に歩けているかもわからなくなってきた。

囮《おとり》になるのがこれほど緊張を強《し》いられるとは。それでも縁は先へ行く。

高架橋から車のエンジン音が降ってきて、川のどこかで下水の流れる音がした。

ギャオーッ！　と不穏な悲鳴が聞こえ、驚いて足を止めれば、灌木《かんぼく》を揺らして猫が飛び出し、カップルが笑った。やがて二人とすれ違い、もうしばらく歩いた先で、また灌木がガサガサ鳴った。

……たす……けて……。

微かな声がしたようだった。

川と反対側の植え込みは、歩道を膨らませる形でところどころにスペースが設けられている。そこにベンチやオブジェを置いて、空間に変化を持たせる設計だ。声はそうした場所のひとつ、水飲み場が設けられたあたりで聞こえた。しかし縁からは水飲み台の上部と手前の灌木しか見えない。首を伸ばして声がしたあたりを探っていると、ふいに灌木の下から地面を這《は》うように手が伸びてギョッとした。暗くても、血まみれであることはわかった。

「……たすけ……て」

考えるより先に身体が動いて、縁は水飲み台に駆け寄った。そこに人がうずくまっている。白っぽい服を着た男性だ。助けを求めて手を伸ばし、もう片方の手は上着の裾を引っ張り上げて止血するように、自分の喉を押さえている。上着も血に染まっていた。

嘘だろ？　どうして関係のない人間を襲うんだ！

縁は花かごを地面に落とした。

「どうしたんですか！」

抱き起こすより早く、男が伸ばしていた手は地面に落ちた。そしてビクビクと痙攣《けいれん》が始まった。マズい。この人も喉を切られたんだ。気管を切開されて肺がしぼんでしまったら、助からないかもしれない。救急車を呼ぼうと出したスマホをポケットに戻し、縁は被害者の前に跪《ひざまず》く。瀕死《ひんし》の人間を目の前にして、ハンターがまだ近くにいるかもしれないなどと考える隙《すき》はなかった。縁は血にまみれた腕を取り、身体を自分に引き寄せた。どうすればいい？　なにかできることがあるはずだ。彼はうつ伏せて痙攣しており、ヒューヒューと妙な音がする。その音は……レー……クレー……とリズムを持って、呼吸器マスクの酸素音のようにも聞こえた。

独りじゃ無理だ。誰か助けを呼ばないと……さっきのカップル、もしくはベンチの酔っ払い……縁は歩道を目で追いながら、男の身体を抱き上げた。……レー……クレー……クス……レー……シークレー……そのときだった。これは気管が発する音ではないと、突然、縁は気がついた。そう聞こえるように発した音だ。気管からではなくて喉から発せられている。ハッと見下ろすと男と目が合い、咄嗟に身を引いたとき、銀色の一閃《いっせん》が鼻先を過《よぎ》った。無意識にのけぞって、次の一閃は地面に転がることで躱《かわ》し、そして見上げた目の前に凄《すさ》まじい形相がはっきり見えた。首に傷など負ってはいない。彼は半立ちでメスを振り上げ、残忍な顔で笑んでいた。縁は腕で自分を守り、切られることを覚悟した。そのときサッと風がかすめて、金属が路面に落ちる音がした。

「大丈夫ですか」

声がして目を開けると、仁王立《におうだ》ちになった庵堂が男を羽交《はが》い締《じ》めにしていた。

男は思ったよりずっと年寄りで、六十を超えているようだった。その顔はジキルとハイドのハイドよろしく、残忍にゆがみ切っている。

「……庵堂……さん」

意思とは無関係に、変なところから声が出た。

「すみません。現行を待つ必要があったので」

脇に銀色のメスが落ちている。庵堂に吊《つ》り上げられた男をよく見ると、身なりがよく、品もあり、銀縁眼鏡に口髭を生やしていた。喉を押さえていた上着の裾も、もう片方の手も血で汚れ、庵堂の拘束を逃れる術《すべ》はなさそうなのに、その目はギラギラと妖しい光を湛《たた》えたままに、まだ縁を睨み付けている。縁はなんとか立とうとしたが、下半身に全く力が入らなかった。腰が抜けた状態を人生で初めて体感したのだ。そんな自分が恥ずかしく、なるべく普通の顔をして、地面から見上げて庵堂に訊いた。

「彼がハンター？　でも、じゃあ、その血は誰の？」

他に被害者がいるのだろうか。この老紳士はその人を襲ってすぐに、こちらを襲ってきたのだろうか。それとも今回は予《あらかじ》め、血糊《ちのり》まで用意していたのだろうか。

「猫です。猫を殺して、その血であなたを騙したんです」

「猫を殺したら、なんだというのだ？」

庵堂に吊られた老紳士は言った。目をギラギラさせたまま、今では薄ら笑いを浮かべている。

「それで少し気分が悪くなって、この人に助けを求めたのだよ」

「ぼくを切ろうとしたじゃないですか」

地面から縁が言うと、

「そんなことはない」

と、平気な顔で返してきた。

「ここは防犯カメラの死角です。そうと言い張られてしまえば証明は難しいかもしれません」

庵堂も静かに言った。

「……そんな」

と、縁がようやく身体を起こしたときに、

「おーい、大丈夫か？　なんかあったか」

と声がして、竹田刑事と真壁が走って来た。水飲み台の脇に立っている庵堂と老紳士、歩道に落ちた花かごと、立ち上がろうとして片膝をついた縁、近くの路面で銀色に光るメスに目を落とす。竹田はポケットからハンカチを出してメスを包むと、拾い上げて老紳士の顔を見た。庵堂のメッセージに添付されていた画像の男だ。上着に血が付いている。

「誰かケガしたんですか」

真壁が縁に駆け寄ると、

「ぼくの血じゃありません。ぼくは大丈夫です」

と、縁が答えた。

「じゃあ、なんなんだ。その血はよ」

「猫ですよ。公園の猫を殺したんです」

老紳士を歩道へ引っ張り出しながら庵堂が言う。

「猫を殺したぁ〜？」

痛々しそうな顔をして竹田は唸った。

「俺はな、猫が好きなんだ。だから猫を殺すヤツが許せねえんだよ。猫を殺すなんざ鬼畜のやることだ。猫を殺すヤツだけは許せねえ」

竹田の怒りなどものともせずに、傲岸不遜に老紳士も言った。

「愛護法違反は認めます。でも、やるんじゃなかったと反省しているところです。すぐに気分が悪くなって、この人に助けを求めたんです。それだけですよ」

「あんだと、ごるぁ」

「猫殺しは認めます。認めると言ってるじゃないですか」

竹田は「ふん」と鼻息を噴き、庵堂を見上げて訊いた。

「あんた、それで殴ったのか？　こいつをよ？」

「いいえ。メスを振り回して危なかったので、腕を払って押さえただけです。情けないことに、こいつは野良猫ほどの手応えもなかったですがね。所詮は小さな生きものにしか暴力を振るえない輩《やから》のようです」

庵堂が涼しい顔で答えると、老紳士は髪の毛を逆立てるような凄まじい表情を見せた。顔を真っ赤にさせたあと、唇が震え、次には蒼白《そうはく》になり、貝のように押し黙ってしまった。ギリギリと奥歯の音が聞こえるような顔だった。

「なるほど。じゃ、このメスはあんたのもので間違いねえな？　ああ、言い忘れたが俺はよ、警視庁捜査一課の竹田ってえ者だ」

竹田はズボンのベルトあたりに手を突っ込んで、ゴソゴソとかき回してから警察手帳を引っ張り出したが、老紳士は視線ひとつ動かさなかった。竹田はまたも鼻を鳴らして、庵堂のほうへ腕を伸ばした。

「あとはこっちで調べるよ。ああ、そうだ……実は最近、この近辺で」

と、庵堂に目配《めくば》せをする。

「凶器がメスによる殺人事件が続いていてよ。偶然だなあ。猫はメスで殺したのかよ？　ものの話によれば、だな、連続して人を殺す野郎ってのは、人の前に小動物を殺したりするんだってよ、知ってるか？　いやぁ偶然ってぇのはオソロシイもんだよなぁ、事件が起きている場所で、メスで、猫を、殺した野郎がいたなんてな、それで、あんたからも話を訊かせて欲しいんだがよ」

老紳士はやはり反応しない。竹田は彼を引き渡せと庵堂に手を伸ばし、庵堂は後ろ手に摑《つか》んでいた紳士の腕をゆっくり前に押し出した。その手は血まみれで、手首に紐《ひも》のようなものが巻き付いている。

「こいつは殺した猫の腸《ちょう》を嬉々《きき》として腕に巻いていましたよ。よく話を訊いてやってください」

竹田はますます厭な顔をして、血で汚れた部分に触らぬよう二の腕を摑んで引き寄せた。老紳士はもはや暴れもせずに、竹田と並んで立っている。

「あんたからも話を聞きてぇが、今夜のところは帰っていいぞ。あとでまた連絡させてもらうわ」

竹田は庵堂にそう言うと、後ろの縁と真壁にチョイと手を挙げ、老紳士を連れて歩き始めた。庵堂は縁の花かごを拾い、たからだ。

「行きましょう」

と、そばへ来る。そのとき縁は、まだ老紳士を凝視していた。なんとなく違和感があっ

彼は手首に猫の腸を巻き付けたまま、反対の手をポケットに突っ込んだ。あっ、と思った次の瞬間、老紳士は竹田を突き飛ばし、庵堂に向かって一直線に突進してきた。ポケットから摑み出したものが鈍く光った。メスではなくナイフであった。切っ先が庵堂の脇腹を狙っている。その光景は突然スローモーションになり、振り返る庵堂の驚愕の表情がよく見えた。ダメだ、間に合わない！　と、思った瞬間、脇から白い影が飛び出して来て老紳士を抱え、一塊《ひとかたまり》になって植え込みの中へと飛び込んだ。「ぐえっ」と誰かの悲鳴が聞こえ、次には庵堂が、そして竹田が折り重なって植え込みに消えた。彼らの頭が灌木の上に見え、誰かが摑んだ腕が見え、ナイフと共に手首がねじれて、ボキ、と鈍い音がした。次には老紳士の悲鳴が上がり、最初に立ち上がった庵堂が、猫のように首根っこを摑んで老紳士の体を引っ張り上げた。竹田刑事も立ち上がり、

「てめえ、コンの野郎っ、舐《な》めたマネしやがって！」

顔にかかったおかっぱ髪を振りさばき、

「現行犯、現行犯！　緊急逮捕！」

と叫ぶ。

「ケガはないか、あんた、大丈夫か」

灌木の茂みに竹田が訊くと、その場所から若い男が姿を見せた。庵堂を狙った犯人に飛びかかってきた白い影だ。それはさっきまでベンチに仰臥していた酔っ払いで、イベント会場で真壁に水を運んできたホテルスタッフでもあった。

スタッフはムクリと上体を起こしてから、体についた小枝や葉っぱを払って立ち上がり、老紳士を取り押さえている庵堂のほうへ顔を向け、

「庵堂。大丈夫？」

と、静かに訊いた。

「大丈夫です。助かりました」

庵堂は老紳士の腕を逆手《さかて》に捻《ねじ》り上げている。もう片方の手を自由にさせているわけは、そちらは手首が妙な形に折れ曲がり、赤黒く腫《は》れ上がって使い物にならないからだ。暴漢は苦悶《くもん》に歪《ゆが》んだ顔をして、傷ついた手首をなんとか庇《かば》おうとしたものの、庵堂に押さえつけられてそれもできない。竹田も反対側から老紳士を押さえているが、押さえていると言うよりは、肩に手を添えているだけだった。

「民間人が協力してもいいのなら、応援が来るまでこいつを押さえておきますが」

そう言いながら、庵堂は老紳士の腕をさらにねじ上げた。

「ぎゃあ」

と彼は悲鳴を上げて、

「痛い！　死ぬ！」

とわめき始めた。その声は大通りをゆく人々を呼び、自分の不幸を吹聴《ふいちょう》するかのようで、真壁は周囲の反応が気になり始めた。通行人が勝手に撮影した動画をＳＮＳなどに上げ、竹田や庵堂や自分たちが根拠もなく叩かれる事態になっては困る。

「痛い！　手が折れた！　暴力だ。ぼくは暴力を受けている！」

ホテルスタッフの青年が灌木を出て来て老紳士の正面に立ち、襟首を掴んで自分のほうへ引き寄せた。息がかかるほど顔を近づけて冷笑する。

「そりゃ痛いだろう、いい気味だ。手には神経が集まっているからね。でも、まだ大声を出す気なら、あんたの喉を搔《か》っ切ってやるからそう思え。知っていると思うけど、ここはカメラの死角だよ。あんたが死んでも第三の被害者と思われるだけだ」

そう言ってポケットに手を突っ込む素振りをすると、老紳士はたちまち口を閉じ、スタッフを見て頭を振った。ホテルスタッフの青年はキサラギの声で言う。

「雨宮縁は仮面を脱がない。それを知ってたらこんな目に遭わずに済んだのに、残念だったね」

「は？」

と、竹田は、真壁の横にいる雨宮縁を振り向いた。

そちらの縁は怯《おび》えた顔で、目を見開いて、一部始終を見守っている。

「なんだ？　あんた……あ？　あんた、さっきイベントで、ステージにいた先生だろう？　そうだよな？」

縁にそう言ってから、竹田は視線を翻してホテルスタッフの青年を見た。

青年は暴漢を睨み付けたまま微動だにしない。向けた眼差《まなざ》しは刺すようで、全身から青白い炎が燃え立っている。竹田は再び雨宮縁を見て訊いた。

「あんた、いったい誰なんだ？」

答えたのは真壁であった。

「こっちの雨宮先生はデザイナーの蒲田くんです。ステージに立ってしまうと会場を俯瞰《ふかん》できなくなるので、蒲田くんを先生に化けさせて作家役を演じてもらい、先生と庵堂さんはホテルスタッフとして会場を見張っていたというわけです」

スタッフ姿の縁はようやく男から目を逸らし、竹田の顔を見て言った。

「蒲田さんは主演男優賞ばりの演技だった。おかげでこいつは腰を浮かせて、自らハンターだと知らせてくれた。ボクらはやりやすかった」

「ぼくはヒヤヒヤしましたよ――」

蒲田は初めて泣きごとを言った。

「――庵堂さんは全然姿を見せないし、なのに真壁さんは予定通りに帰っちゃうし、雨宮先生のことだって、本物の酔っ払いか、ハンターかもしれないと思ったし……ひと言いっておいてくれれば安心できたのに」

「それじゃハンターが喜ばないでしょ」

と、縁は笑う。竹田は呆《あき》れた口調になった。

「スタッフに化けて会場にいたってか？　俺まで騙したのかよ、なんてこった……俺だってモニターで見てたがよ、あの一瞬で、こいつが怪しいと思うか？　ふつう？」

「画面越しだと空気感が伝わらないので、ピンと来なくても恥じることはありません」

庵堂に慰められると、竹田は「チッ」と舌打ちをした。

「あんたら、警察官の採用試験を受ける気はねえか？　まあ、年齢制限があるから無理か……惜しいよなあ」

嫌みでもなく呟いた。

「営業妨害しないでください。二人の場合は警官より犯罪心理の……あっ」

真壁は小さく声をあげ、立ったままの位置から老紳士の顔をじっと見た。片手が折れているから、もう襲って来ることはないと思うが、用心に越したことはない。

そして、そうだ、そうだよ。と、自分に言った。こいつの顔をどこで見たのか、なぜ嫌悪感を抱いたか、思い出したぞ。

「この人は帝王アカデミーカレッジの客員教授ですよ。大学で心理学を教えている」

やはりこの男と直接会ったことはなかった。以前に知り合いがハンターの餌食にされたとき、彼女の無念を晴らすべく背景を調べて、そのとき彼を知ったのだ。彼は警察に協力する立場の犯罪心理学者だ。警察行政職員の技術職としてネットにプロフィールと写真を掲載している。真壁が見たのは写真だけ。だから動いている彼を想像できなかったのだ。

「左近万真《さこんかずま》」

と、真壁より先に本物の縁が言った。

「奥さんの実家が精神科病院で、そこでもカウンセラーをやっている。グループセラピーやセミナーを通じてハンター予備軍を見つけ出していたんだろ?」

真壁も、「あっ」と、膝を打つ。

「そうだよ、『いけはた病院』だ。品川区《しながわ》のいけはた病院! ネスト・ハンターのカルテを……」

真壁はそこで口をつぐんだ。

二人目のハンターを狩ったときに、縁は清掃スタッフに化けてその病院へ潜り込み、過去の資料を漁《あさ》ってきたのだ。あまり喋ると不法侵入を暴露することになるから、真壁は口の中だけでモゴモゴ言った。

一方、縁は追及の手をゆるめなかった。左近万真の身柄が警察に渡ってしまえば、彼の末路も自《おの》ずと決まる。左近のタイプは自死を選ばないとしても、加代子か玲奈の息がかかった刺客によって遠からず殺されるかもしれない。だから今、可能な限り、竹田に情報を与えておかねばならない。庵堂もそれがわかっているから左近を竹田に引き渡さない。

「あんたのセラピーに木頭一民《きとうかずひと》という患者が来ていたはずだ。知らないとは言わせない。あんたは臆病で神経質でナルシストだから、自分がしたことはすべて記憶して、反芻《はんすう》して、楽しんでいるはず。あんたは理解者となって木頭の『常識』を奪い去り、ハンターに育てて世に放った。そのことに無上の喜びを感じた」

縁は一歩詰め寄った。

「人を操るのはどんな気持ちだ？　罪を犯させるのは楽しかったか」

左近は縁の言葉など聞こえていないふりをした。

「痛い、痛い……手首が折れた。過剰防衛で訴えてやる」

「人殺しが一丁前の口を利くんじゃねえよ」

横から竹田がそう言った。彼は庵堂と視線を交わすと左近の肩から手を離し、

「ちょっくら応援を呼んで来らぁ」

と、携帯電話を取り出した。署に電話して話し始めにわざと切り、縁と庵堂に、

「五分程度で応援が来るぞ」

と囁いてから、少し離れた場所まで移動して、背中を向けて話し始めた。

「あー……至急、至急、こちらは警視庁捜査一課、竹田……現在刃物を所持した男を現行

犯にて緊急確保……男は六十代後半、白髪に銀縁眼鏡、口髭を蓄え、白色のスーツ姿……長身、痩せ型……血塗《ちまみ》れで……あー、この血は……猫を殺した返り血の模様……ここは……あーっと、ここは……えー」

わざと引き延ばしながら情報を伝える。

竹田が背を向けたのを幸い、庵堂は左近の腕をさらに捻った。叫ぼうとすると縁が間合いを詰めて、両脚の間に膝を挿し込みギリリと股間を押し上げた。

「ねえ左近先生……先生は、死ぬより辛《つら》い思いをしたことないでしょ？」

訊きながら縁は冷たく笑う。サイキックの主人公キサラギは、一切の感情を持たないキャラだ。

「それなのに、アナタは被害者に辛さを与えて、その苦しみを貪《むさぼ》るんだね。浅ましくて、卑《いや》しいね。そして、とても勿体ない……どんなに痛くて辛いかを自分も経験しておけば、思い出すとき、もっと臨場感が生まれるんじゃないかな」

容赦なくせり上がってくる縁の膝が睾丸《こうがん》を押しつぶす。左近はようやく怯えを見せた。

「どうするつもりだ」

「協力してあげるよ……先生にも本当の痛みを教えてあげる……想像だけだとわからないことってあるもんね。痛みと恐怖には相互関係があって、恐怖を伴う痛みが最強なんだ……急所って、潰すと死ぬこともあるって知ってる？　怖いと思う？　それは快楽？　それとも苦しみ？」

「できるはずない。狂ってる」

「ご明察」

縁は美しく微笑《ほほえ》んだまま、蹴り潰す勢いで片脚を引いた。咄嗟に左近は股間を守ろうと手を動かして、折れた手首の痛みに「ぐうっ」と呻《うめ》いた。顔を真っ赤にして、髭が濡《ぬ》れるほど冷や汗と涙を流している。口角からツバを飛ばしながら左近は言った。

「わかった。わかったからやめてくれ、もうやめてくれ」

「木頭に母子家庭を狩らせたのは先生だよね？」

左近万真は頷いた。

「大手広告代理店の男を使って、幸福な人たちを狩らせていたのも先生だったの？」

「誰のことかわからない。いちいち覚えてなんかいない。うちには暴力的思考を持った患者が多いんだ。手をつけられないヤツらがやって来るんだ」

「彼らを操って快感を得た？」

「別にそういうわけじゃない……ぼくは、ただ」

「ただ、なに？　誰かに命令されてたの？　それは誰の命令だったの？」

「誰でもない。ぼくは命令なんか受けない」

縁は庵堂と視線を交わし、再び訊いた。

「質問を変えよう。先生は、誰のためにそれをやったの？　誰を崇拝しているの？」

「吉井加代子だ」

左近は答え、すがるような目で縁を見た。縁は薄く唇を嚙《か》む。

「吉井加代子か……加代子にボクを捧《ささ》げようと思ったんだね？　被害者の顔にスマイルを刻めば、ボクがそれを知って姿を現すはずだって」

「そうだ。あの人がそう言ったから」

「加代子はなんと言ったの？　教えて欲しいな」

「……本を読めば自分のことがわかるだろうと」

縁は深く息を吸い、

「帝王病院で吉井加代子に会ったのか。会えたのか？」

「会えた。素晴らしい経験だったよ。相手はあの吉井加代子だぞ」

左近の目が潤んだように光るのを、少し離れた場所から真壁と蒲田は眺めていた。竹田はようやく通話を終えるが、たとえ竹田でも、今は縁らとハンターには近づけないと真壁は思う。縁ら三人を包む空気は異質で、近づけば傷を負うバリアのようだ。

「誰があんたに本を渡した」

「吉井加代子に教わって自分で買った。彼女の房は檻《おり》と金網で塞《ふさ》がれているからな」

「どうやって彼女を知った」

「ずっと前から知ってたさ。リアルタイムで彼女のことを追いかけていたし、裁判も傍《ぼう》聴《ちょう》した。彼女の事件はすべて研究した。ぼくは犯罪心理学者だからね。吉井加代子は最高のサンプルだ」

それで加代子に取り込まれたのか、と縁は思ったが、口に出さずに黙っていた。地位も名誉も手に入れたこいつに裏の顔があることは、加代子も玲奈も会った瞬間に見抜いたはずだ。彼女たちは同病の気配に敏感だから。

「知ってるだけでは会えないよ。あれは特殊病棟だから」

「うちの社長が会わせてくれた。ぼくが研究対象にしていることを知って、研究に役立てて欲しいと言って……早く救急車を呼んでくれ」

「研究対象？　はっ」

ものは言いようだな、と縁は思った。

「アナタは自分の欲望のために社長とやらを利用した？　吉井加代子に会いたくて？」

すると左近は、痛みに耐えてニタリと笑った。

「そうだ。さっきも言ったじゃないか。誰もぼくに命令できない。関連病院に彼女がいることを知って、ひと目でいいから合わせて欲しいと月岡社長にお願いしたんだ。心理学者になったのも吉井加代子がきっかけだ。帝王アカデミーに就職したのも吉井加代子がきっかけだ。ぼくの人生は吉井加代子でできている。ずっと彼女に憧れていたんだ。あの人を……」

縁は醜く顔を歪めて、「あの人を?」と、促した。

「先を言いなよ、あの人を、なに?」

左近は本性を剝《む》き出しにすると、恍惚《こうこつ》として本音を語った。

「殺して、彼女の血を浴びるのが夢だ。いいか? 初めて会ったというのに、彼女はぼくに裸を見せた。だからぼくは想像できた。ぼくは……脳みそなんかに興味はないんだ。脳みそなんか、死ねば最初に溶けるんだから。それよりぼくは彼女の……」

「う」

蒲田は口を押さえて俯《うつむ》いた。真壁も自分の胃液を感じた。三人を取り巻いていたバリアは次第に薄れ、おぞましさが外へ漏れ出してくる。遠くからパトカーのサイレンが聞こえてきた。

「警察が来るぞ」

最初にバリアを破ったのは竹田で、それを聞くと庵堂は左近の膝裏を蹴って座らせ、そのまま地面にうつ伏せにした。左近はもはや自らの妄執《もうしゅう》に囚《とら》われて紐の切れた操り人形のようになり、路面に頰をこすりつけたまま、庵堂と竹田が入れ替わるのを大人しく待った。小柄な竹田は左近の背中を膝で押さえて、「行け」と縁に顎をしゃくった。

「ありがとう」

縁と庵堂は歩道の柵を乗り越えて川際に降り、あっという間にどこかへ消えた。

「よう、あんたらはどうするよ？　逮捕協力者として残ってくれるか？　どう考えても、被害者ナシだと話の辻褄《つじつま》が合わねえからよ」

真壁はその場にしゃがみ込み、蒲田が落とした花かごを自分のほうへ引き寄せた。

「俺は編集者ですからね。『蒲田先生』が残るなら、一緒に聴取に協力しますが」

そしてその後を想像し、眉をひそめてこう訊いた。

「……まさか任意で指紋提出とか、ないですよね？」

縁に扮《ふん》した蒲田に目をやって、竹田は不遜に「ふふん」と笑う。

「そこだよな？　俺も今頃気がついたがよ？　作家先生は腱鞘炎で、指がぜーんぶテーピングされて……それってつまりこの後までのシナリオが頭の中にあったってことかよ……厭だねえ、オソロシイねえ、作家ってヤツは」

痛々しくテーピングした自分の両手を、蒲田は閉じたり開いたりする。

「ま、あんたらは被害者で、目撃者で、逮捕協力者だからな。腱鞘炎じゃなくても指紋を採るなんてことはねえから安心しな」

「あ。そうか。それで……いえ、ぼくも」

と、蒲田は呟き、真壁だけにひそひそ告げた。

「扮装するとき、先生が住所と電話番号を教えてくれたんですよ。どうしてだろう、変だなあと思ったんですけど」

「どこの住所と番号だよ?」

蒲田はますます小さな声で、暗記させられた項目を告げた。それは真壁が知る限り、雨宮縁事務所の正式な住所と電話番号だった。

縁らは、蒲田が雨宮縁の仮面のままで聴取に応じることを想定していたというのだろうか。でも、それを警察に伝えることで情報がアカデミーに漏れ、玲奈の耳に入ってしまうかもしれないではないか。事実、左近万真は警察行政機関の技術職として登録されていたのだし、事務所に刺客が送られるかもしれない。

「先生は何を考えているんだろうな」

真壁は蒲田に呟いた。それとも、それこそが縁の罠なのか。左近がトラップを仕掛けたように、縁も同様の狩りをするのか。もしくは今夜のイベントで縁に扮した蒲田が語ったシナリオのように、本気で日本を出て行くつもりか。

真壁は激しい胸騒ぎを感じた。『本当のところ』を隠されたことは多いけど、自分たちはそれなりに縁と庵堂のよき理解者であり、仲間でもあると自負してきたのだ。彼らの本拠地に招かれたのは自分たちだけで、帝王アカデミーグループの裏の顔を知っているのも自分たちだけで、それを小説に書いて発表することで月岡玲奈と吉井加代子を追い込む計画には自分たちだけが協力しているわけだから。

パトカーのサイレンが近づいてくる。竹田に踏みつけられた左近万真は次第に痛みが募《つの》ってきたようで、地面に向かってずっと唸り声を上げている。庵堂を刺そうとしたナイフは植え込みの中に落ちたまま、捜さなければどこにあるのかわからない。

やがて大通りに赤色灯の明かりが漏れて、応援の警察官らが駆けつけて来る姿が見えたとき、蒲田は怒ったふうもなく、

「またやられたんですかね」

と、真壁に溜息を吐《つ》いた。事件が大詰めを迎えるたびに、表立って聴取に応じるのは真壁の仕事で、蒲田は今回初めてその役を担う。

「全然全く違うんだけどさ、先生と付き合ってると、遠い昔の恋愛を思い出すんだよな」

赤色灯の明かりを見上げて真壁は言った。

「わかり合えたと思えばそうじゃなく、ダメなのかと思えばそうでもなくて、翻弄されてもどかしくてさ、蒲田くんはどう？　経験ない？」

蒲田もようやく微かに笑った。

「真壁さんが恋愛初心者だった頃のことなんか、ぼくには想像もつきませんけど……でも、なんだかんだ文句を言いながら、真壁さんが楽しそうだってことはわかります」

「俺だけじゃないだろ、そっちもだろ？　本気で危なかったのに、大丈夫かよ」

「まあ……怖かったは怖かったですけど……それよりも、なんというか、あの短い時間

に、ものすごーく色んなことを考えちゃった気がします。人が死ぬ時ってあんなもんでしょうか？　あれもやればよかった、これもやればよかったと……それは、なんというか……」

「あれもこれも、やっといたほうがいいぞ？」

真壁の言葉に蒲田は頷き、唇を引き結んで苦笑している。

彼は好青年すぎて臆病なところがあったけど、もしかすると交際中の飯野深雪《いいのみゆき》にプロポーズしようと決めたんじゃないかと、なぜだか真壁はそんなことを考えた。

「真っ先に飯野さんのことを考えたんだろ」

蒲田は否定も肯定もしなかったけれど、

「ショックは受けたけど大丈夫というか、シャンとしたというか……あと……作家先生の気持ちになるのは、緊張したけど楽しかったです」

そう言ってお茶を濁した。

「んだよ……オメエらは……いいよなあ、民間人はお気楽で」

左近の背中に座った竹田は、応援の警察官らが歩道へ駆け下りて来るまでの間、小柄な体の全身を使って左近万真を取り押さえていた。

# 第五章　トラップ・ハンター

帝王アカデミーカレッジで心理学を教える客員教授左近万真《かずま》が、黄金社の雑誌編集長と書店員ブロガーの女性殺害容疑で逮捕されたというニュースが流れた日の午後に、真壁は会社で竹田からの電話を受けた。修正要項を踏まえた上で改修された『ネスト・ハンター』のプロットを、確認しているときだった。

「こないだはありがとよ」

と、電話の向こうで竹田は言った。

「こちらこそお疲れ様でした。どうです？　その後は何事もなく捜査が進んでいるようですか」

社交辞令で訊《き》くと、竹田は声をひそめて言った。

「進んでいるよ。捜査が進んで……あんたたちが前に言ってたナントカハンターの話がよ、突然クローズアップされてきたもんで、大わらわになってるよ」

「と、言いますと？」

「ったく……仕事を増やしてくれたよなあ」

竹田はほくそ笑むような音をさせ、

「新婚カップルの亭主のほうを自殺に見せかけて殺してたって事件があったろ？　あと、このまえ左近がやらせてたんじゃねえかと作家先生が言ってた木頭一民《かずひと》の事件とか……どっちも酷《ひで》ぇ事件だったが……あの左近万真って男はよ、けっこうベラベラ喋《しゃべ》りやがってよ、どうも、なんだ……自分の患者がやったんじゃねえかって事件を、記録に残していたようなんだ」

「えっ」

「ばーか、でけえ声出すんじゃねえよ。あんたには恩義があるから教えてやるが、左近万真の記録をよ、調べて……こっちとしちゃぁ、もう一度な？　過去の事件の洗い直しをしなきゃならなくなったってぇわけだ。それで俺がいま電話したのは、次の本を出すのは危ねえんじゃねえかと思ってよ」

真壁は背筋を伸ばして言った。

「次の本というのは、続編『ネスト・ハンター』のことですか？　木頭一民が起こした事件の」

「そうだよ、それだよ」

「そういうわけにはいきません。事件が明るみに出れば『スマイル・ハンター』の売れ行きがさらによくなるし、続編はすでに企画会議を通って、プロットもできていますし」

「バカだな。本の話をしてるんじゃねえよ。俺はあんたを心配して言ってんだ。いいか？　捜査段階でわかってきたが、左近万真って医者はトンでもねえ異常者だぞ。あのな……ヤツがメスの扱いに長《た》けていたのは、もともと外科医志望だったかららしい。あいつは東大出てんだよ。東大の医学部だぞ？　成績も優秀だったのに外科医になれなかったわけは……」

これは噂《うわさ》だがな、と、前置きをして竹田は続けた。

「解剖学の実習で遺体の腸《ちょう》を使って縄跳びしていやがったのを、当時東大にいた両角《もろずみ》って教授が見咎《みとが》めて、単位を与えなかったからだと言うんだ。それで外科から心理学へ転向したって話なんだよ」

「……縄跳び」

真壁は彼が腕に猫の腸を巻き付けていたことを思い出して気分が悪くなった。

「医学生の中には自分を奮い立たせる為《ため》に異常行動に出てしまう輩《やから》もいるって話だが、左近の場合はそれともちょっと違ったようだ。野郎は臆病で控え目で慎重な性格だったと言うが、その一件があってから、まわりもチョイと引いたようでな」

「そりゃそうですよ……まさか……今回の事件以外に誰かを殺したりしていませんよね？」

「そこはこれからの捜査だが……」

竹田は言葉を切ってから、フウッと息を吸い込んだ。

「あのなぁ、俺が心配してんのは……左近を聴取してわかったことだが……あんたの会社の窓口に、ボサボサ頭で行っていたのは、やっぱり左近万真だったらしいや」

「え」

「あんた、会議中で会わなかったと言ってたじゃねえか。トキワと名乗った男のことだよ。ありゃ、やっぱり左近でよ。最初はネットで検索したそうだ。ところが黄金社を調べても、文芸編集者に雨宮縁の担当がいない。どうもあいつは想定範囲でことが進まねえと不安になるみたいでな、いても立ってもいられずに、あんたを訪ねて行ったらしいや。受付に行って、先生の担当者がいることはわかったが、顔を見ることができなくて、ずーっと外にいたんだとよ」

真壁は背筋が寒くなる。

「……え……じゃあ、森山が襲われたのは……」

「てっきりあんただと思ったらしいや。張り込んでいたらあんたの名前が聞こえたと。だから出てきた男があんたと思ったと言っていた」

受話器を握る指先から、スーッと血の気が引いていく。真壁は言葉が出なかった。その可能性を考えなかったわけじゃない。でも、吉井加代子や月岡玲奈が自分を知っているという一点にすがって、自分のせいで森山が死んだとは、敢《あ》えて思わずにいたのだ。

「人違いと気がついたのは、編集長の名前がニュースに出てからだ。俺は心理学者じゃねえが、左近万真の不安定さを見ていると、間違いを犯したことが許せずに、次の犯行を急いだきらいがあると思うな。ヤツはあんたを含め、あの本に関わった連中を片《かた》っ端《ぱし》から殺して行く気だったらしいや」

「蒲田くんとか、ですか？」

「片っ端からと言ってたよ。先生を最後にするのは、本を書いたせいで人が死ぬ恐怖と絶望を味わわせるためだったそうだ。それで吉井加代子とかいう女が喜ぶと思ってんだよ。なあ、どうなってんだ？　またも吉井加代子だよ。あんたたちが知っていることを、そろそろ話しちゃくれねえかなあ」

　竹田の話は続いていたが、真壁はひとつのことだけをグルグルと頭で考えていた。

狙われたのは俺だった。あのとき守衛に呼び止められなかったら、森山が出て行かなかったら、殺されていたのは俺だった。

「……よ、連絡がつかねえんだけどよ」

　竹田の声が遠くで聞こえ、真壁はそれを反芻《はんすう》し、言葉に直して理解した。『あの変態先生と、連絡が取れない』と、言ったように聞こえた。

「はい。え？　なんでしたっけ？」

こめかみに指を置き、強く揉《も》みながら真壁は訊いた。

自分が狙われていたことを、縁は知っていたのだと思った。それどころか、犯人の目論《もくろ》見《み》も理解できていたのだろう。たぶん、二人目の犠牲者大原節子が殺されたとき、犯行が加速して、俺や蒲田くんや、ほかの関係者が狙われる可能性に気がついたんだ。けれど犯人が誰かわからないから、突然仮面を脱いでイベントをやりたいなんて言い出したんだ。自分をエサにして、俺たちをハンターから守ろうとした。

「……ああ、ちくしょう」

と、真壁は呻《うめ》いた。

「あ？　なんだって？」

「いえ、すみません。こっちのことです」

今度は竹田の言葉がはっきり聞こえた。

「だからよ、先生から話を訊きてえんだよ」

「聴取に応じたとき、蒲田くんが連絡先を書いたじゃないですか。あれはホントに先生の……」

「バカか、それが通じねえから言ってんだろうが。住所は競売《けいばい》物件で、電話は『現在使われておりません』だよ。あんた担当編集者だろ？　どうなってんのか知らねえのかよ」

「ええっ？」

真壁はついに大声を出した。

「嘘《うそ》でしょ？　え？　それっていつの話です」

「いつの話もなにもたったいまだよ、だから俺はあんたに、だな」

デスクにふっと影が差し、各局に届いた郵便物を配布している同僚が、真壁宛ての書簡を置いた。裏面を返すと縁のサインだ。ドクン！　と真壁の心臓が跳ねる。

彼は竹田に向かって訊いた。

「いま電話して、通じなかったって言うんですか？　建物が競売？　どうして」

「電話して通じなかったから部下を行かせてみたんだよ。そしたらオメエ、あれは競売物件だとよ。いつから何がどうなってんのか、調べるよりあんたに聞いたほうが早いと思って電話したんだが……なんだよ、まさかそっちも本当に、この件は初耳だってか」

「そうですよ。それどころか……初耳とか言ってる場合じゃなく、死活問題ですよ。え？　先生の所在はちゃんと追いかけてくれるんですよね？」

「バカ言うな。参考人程度に警察が動くと思ってんのか、こっちは捜査で手一杯だよ」

「じゃ、どうしたらいいんです？　ええ……競売物件？　どうして、そんな……」

ことさら大仰に取り乱していると、竹田は、

「邪魔したな」

と、言って電話を切った。

真壁は両手で顔を覆った。本物の住所と電話番号を教えられたと蒲田から聞いたとき、これを予測するべきだった。わかり合えたと感じるたびに、縁は笑顔で遠ざかる。自分だけは特別だと勘違いさせられて、次には喪失感を突きつけてくる。先生、あんたは残酷だ。左近万真を追い詰めていたときのキサラギを、なぜか真壁は思い出す。その正体が片桐涼真であったとしても、今の縁は彼じゃないんだ……じゃあ、誰だ？

目を開けて、真壁は書簡を手に取った。

ペン立てに挿《さ》したハサミで封を切ると、カードが一枚入っていた。

——親愛なる真壁さん

今回のことは本当に申し訳ありませんでした。　　雨宮縁——

短い文面にはフリーメールアドレスが付いている。真壁はすぐさまそのアドレスへメールした。

——雨宮縁様

お疲れ様です。黄金社の真壁です。たった今、竹田さんから電話があって、競売のことを訊きました。電話も通じないということで、心配していたところでした。至急連絡を頂きたいです。

真壁顕里——

メールを送信しておよそ五分。真壁はデスクに足を組み、ふんぞり返って腕組みをして、スクリーンセーバーの怪しい動きを見つめていた。すぐさま蒲田に電話したかったが、まだ何もわかっていないので我慢した。我慢して、イライラとして、ドキドキしていた。スクリーンセーバーの緩慢《かんまん》な動きに様々な縁が重なって見える。縁は小生意気で腹の立つ作家だけれど、あいつを好きだったのだと真壁は思い、情緒不安で泣きそうになった。いつも手のひらで転がされ、あんなことやこんなことに首を突っ込んだ。腹が立ったが、楽しくもあった。雨宮縁と仕事をしていると、自分が小説の登場人物になったような気がしたものだ。そのときだった。

唐突にメーラーが起動して、リモート会場への招待状を受け取った。真壁は早速席を立ち、整理されていない書籍が積み上がった隅《すみ》の席へと移動した。声が漏《も》れないようにイヤホンを差し込んで、招待された場所へ行く。

モニターのなかには、月岡玲奈の夫の社葬で一度だけ見た青年がいた。背景は加工されていて、彼が実際にどこにいるかはわからない。

「真壁さん」

と、縁は言った。真壁は軽く頷《うなず》いただけで、向こうが先に話すに任せた。

「森山編集長を死なせてしまった。それはぼくの責任です。大原節子さんが殺されたのも、ぼくの責任です。左近万真が狙《ねら》っていたのは」

「まさかの俺だったんですってね。まあ、驚いたというか、やっぱりというか……竹田さんが電話をくれて、本人が白状したそうです。先生はわかっていたんですよね？　いつからですか」

「森山編集長の写真を見たとき……大原さんが殺されて、それで全容に気がついた」

「やっぱりか……どうも今回は、先生たちの動きが性急すぎると思っていたんだ。本性晒《さら》すとか言い出すし……あれは、俺や蒲田くんを守るためだったんですね？」

　縁はギュッと唇を嚙《か》んだ。

　モニター越しに相対しているだけなのに、いつもの縁以上にその心情が伝わってきた。そこにいるのはキサラギでも東四郎でも文佳でもなく、傷ついた生身の人間だった。その人間は叫んでいる。自分のせいで人が死ぬ。その悔恨《かいこん》で地獄に落ちて喘《あえ》いでいる。真壁には彼の痛みがわかる。狙われていたのが自分なら、自分も、自分のせいで森山を奪われた。縁が片桐涼真なら、彼だって、庵堂の父と庵堂の恋人という恩人二人を殺害されたわけだから。

　真壁は言った。なるべく普通の顔をして、極力普段と変わらぬ口調で。

「刊行記念イベントは盛況で、出席した人たちがＳＮＳで騒いでましたよ？　雨宮縁イケメン説と、雨宮縁いい人説で盛り上がって、そっちのファンも増えそうですが……あのときの中身は蒲田くんですからねえ」

面白いことを言ったつもりだったのに、縁はニコリともしなかった。悪戯《いたずら》を白状する子供のように引き攣《つ》った顔で、モニターのカメラを見つめていた。真壁のモニターで見る限り、縁の視線は真っ直ぐ真壁に向いている。

「今回のハンター……左近万真を操っていたのは、加代子ではなく、玲奈のほうだ」

「え？　でも左近は吉井加代子を崇拝していると言ってましたよ」

「だからだよ。玲奈はそれを利用した。加代子はともかく玲奈のほうは実社会で生きているから、本性を知られちゃマズいんだ。片桐家が消滅し、加代子と玲奈の関係を知る者はもういない。玲奈は敏腕経営者の顔をして左近万真を操ったんだよ」

「どうやって」

「お得意のやり方で」

と、縁は言った。

「左近はこう言っていた。研究対象の加代子に会わせて欲しいと頼んだと。そのとき玲奈は左近の裏の顔を知っていた。もちろん彼がハンターを作り出していたことも知っていた。でも、知らない振りをした。飽くまでも研究や治療のためにと言って、特別に、彼を隔離病棟へ連れて行ったんだよ」

「彼自身がハンターに変わることは、知らなかったってことですか？」

「知ってたさ。吉井加代子と、左近の性格を利用して、彼の承認欲求を地に落とし、反動で人殺しをするよう仕向けたんだと思う」

「なんでそんなことがわかるんですか」

「監視カメラのビデオにあった――」

縁は淡々とそう言った。

「――前に、あの病院から、ビデオ映像を持ち出したよね」

正確には、不法侵入して盗み出したのだ。

「それを分析してたら奇妙なシーンが映っていたんだ。加代子が取り乱すシーンだよ。玲奈はそれを見て喜んだことだろう。加代子は玲奈に怒っているんだ。たぶん、娘が自分を越えようとしていると知ったから」

真壁は顔をしかめて言った。

「あの二人の話を聞くと、世の中の女性すべてが怖くなります。生まれ変わったら俺はもう、女性と結婚できないかもしれないですね」

ようやく縁は「ふふ」と言ったが、それは笑ったせいなのか、そうでないのかわからなかった。

「一卵性母娘《おやこ》は分裂を始めた。加代子は長く隔離病棟にいすぎたし、玲奈は権力の座に長くいすぎた。だけど彼女たちは一心同体。片方の死はもう片方の死を誘発する」

縁はわずかに瞼《まぶた》を伏せると、また真壁を見て
「チャンスなんだ」

と、囁《ささや》いた。

「ぼくたちは連絡を絶つ。アナタたちとも、ほかの誰とも、連絡をすることはない」

「や、いやいや、ちょっと待ってくださいよ。『ネスト・ハンター』はどうするんです？ここに、ていうか、俺のメアドにプロット送って来たじゃないですか。出版は」

「ごめん」

と、縁の手が電源を切ろうと動くのを見て、真壁は思わず叫んでいた。

「片桐涼真！」

縁はハッとモニターを見た。

「先生は片桐涼真ですよね？　月岡玲奈の弟の、家族を皆殺しにされた、愛衣ちゃんのお兄さんですね？　救ったのは庵堂医師でしょ。お父さんの友人だった、自殺に見せかけて殺された」

縁は薄く唇を開いた。喘ぐようなその表情は、真壁の胸をキュッと摑《つか》んだ。しかし縁は一瞬でそれを捨て、ゆっくり口角を上げていく。

「ぼくの誤算はただひとつ。アナタたちが、思ったよりずっと優秀だったことだ」

「妹の臓器を移植したんじゃないですか？　だから、前に先生は、涼真も愛衣も死んだと言った。実際、死んだことにしておかないと、月岡玲奈があなたを狙う怖《おそ》れがあって……」

「庵堂昌明博士のことも調べたんだね？　うん。真壁さん。ボクはけっこうアナタが好きで、蒲田さんのことも大好きで……もう二度と、誰かになつくことはないと思っていたけど、あなたたちといるのは幸せだった……だから特別に教えてあげるよ。庵堂博士は新しい命をくれた。彼とぼくの庵堂がたまたまボクらを執刀し、それもあって、父さんが心配していたことが本当だったと知ったんだ。吉井加代子は恐ろしい。『成果』を上げるためならば、準備に何年かけても平気なんだよ……加代子が父さんのクリニックに目をつけたのは、善良で熱意があって真面目な先生が揃《そろ》っていたから。そういう人たちに罪を犯させることこそが、加代子の喜びだ」

「俺もね、やっとわかりましたよ。先生たちがやろうとしていることの意味が」

縁は頷き、またも真壁を（モニターのカメラを）じっと見た。

「そのためにボクはアナタを利用した。もっとも、こんなに深入りさせるつもりはなかった。アナタたちはいい人だ。だから、もう、一緒にいられない」

「待って」

と、真壁が言ったとき、モニターから縁は消えた。その瞬間の微笑《ほほえ》みは、真壁に激しい喪失感を与えるほどにむしろ優しく、しかも悲しげに思われた。

「クソ！」

真壁はメールで引き留めようとしたが、すでにメールも届かなくなっていた。事務所の建物は競売にかかり、電話は不通、メールアドレスも抹消された。雨宮縁の本体である片桐涼真は死者であり、車両登録番号を調べようにも庵堂が使うのはいつもレンタカーだった。二人を追いかける術《すべ》はない。真壁は椅子《いす》の背もたれに体を預けて頭を抱え、その姿勢のままモニターがスクリーンセーバーに切り替わって行くのを眺めた。初顔合わせのとき空港に現れた大屋東四郎。他社の刊行が始まって出会った響鬼文佳にキサラギ少年。有楽町ガード下で食べるナポリタンが大好きだった片桐愛衣に、縁が好んで化けたさえないメガネの青年や、サンダル履きの事務員など、脳裏を様々な縁が過《よぎ》った。

縁は自分たちを好きだと言った。心が通じ合ったから、そばを離れていくのだと。恋人などではもちろん、ない。相棒でもないし、同僚でもない。作家と編集者は車の両輪。互いの行く先を見極め合って、最適コースを選んで進む。縁はその片輪として自分を選んでくれたと言った。自分なら荒唐無稽なアイデアであっても実行させてくれるだろうと。

「その気だったよ」

と、真壁は呟《つぶや》き、乱暴にコードを引いてイヤホンを外した。

もちろんその気だったさ。そりゃ、理不尽な扱いにぼやいたり、腹を立てたり愚痴を言ったり、鰻《うなぎ》を奢《おご》らせたりもしたけどさ、こっちもあんたのネタで稼ぐつもりだったんだから お互い様だ。そう考えているうちに、縁がリモートで顔を見せてくれたのも、ノンフィクション本を出せるだけのネタを残してくれるためだったのではと思ったりした。片桐一家殺傷事件の裏にはさらなる陰謀があり、それを突き詰めて行くと吉井加代子に行き着いて、まだ誰も知らない犯罪がウジャウジャ出てきそうなこともわかったし、それを書くならヒットの予感しかないけれど、いったい結末はどうするつもりだ。

「先生……そりゃないよ」

積み上げられた本の隙間で真壁はしばらく途方に暮れた。祈るように手を組むと、その手に自分の顎《あご》を載せ、さっきまで縁がいたモニターに目をやった。今、そこにはスクリーンセーバーしかなくて、見ているうちに段々と腹が立ってきた。ちくしょう。一方的に、しかも簡単に、デビュー当初の担当編集者と縁《えん》を切りやがって。そして真壁は蒲田に電話をかけた。この悔しさと喪失感《そうしつ》をわかってくれるたった一人の相手だからだ。

「ええっ！」

自分と同じくらいに、ショックな声で蒲田は叫んだ。そして、

「どういうつもりなんですか」

と、真壁に訊いた。

「知らないよ」

と、真壁は答えた。怒りとやるせなさのこもった声で。

「だから住所を教えたんですね？　もうそこにいないから……なんか変だと思ったんだよな」

パソコンの前でビックリしたように目を見開いている蒲田の顔が目に浮かぶ。

「ぼくたちに危害が及ばないようにしたってことですか？　先生は、庵堂さんと二人だけで、アカデミーに挑む気なんですか」

「俺たちがいると足手まといと思ったんだろうさ」

真壁は納得がいかなかった。

「そりゃ、蒲田くんは狙われて怖い思いをしただろうけど。俺だってそれなりに怖い思いをしたけどさ、でもそれは降りるって事じゃないんだよ。そうだろう？」

蒲田は答えず、「ううーん」と、唸《うな》った。

「俺たちを心配してくれてるのはわかるよ？　あんなバケモノ……」

声が大きくなっていたので、真壁は受話器を握って言った。

「……あんなバケモノと戦おうっていうんだからさ、怖くないと言ったら嘘になる。でも、そういうもんじゃないだろう？　俺たちは振り回されるだけ振り回されて、振り回されっぱなしで放り出されたんだぞ」

「裏切られた気がして怒ってるんですね？　ちょっとわかる気がします。前に真壁さん、言ったじゃないですか。恋愛を思い出すって……ぼくも、先生たちと心が通じたつもりでいました。でも、本当に大事なとき……これからっていうときに、ぼくらを必要としないって、それで傷ついた感じというか……先生の気持ちもわかるけど……」

だから一緒にいられない？　なんだよ、と、真壁はまた思う。俺はあんたの女房じゃないぞ。自分だけ悲劇のヒロインにでもなったつもりか？　クッソ……悲しそうな顔しやがって、あんた中身はキサラギじゃないか。本当は腹黒いのを、こっちはよくよく知ってるんだぞ。

「本当に、もう、会えないんですか？」

蒲田が電話の中で訊く。

「どうやって会うんだよ？　連絡先も住所も名前も、顔さえもわからない相手だぞ」

「……ですよねえ」

そして蒲田はこう訊いた。

「真壁さん、大丈夫ですか？」

「大丈夫じゃないよ。いま、俺は、混乱して何もかも嫌になってんだよ」

「ですよねえ」

と、蒲田はまた言った。

「ぼくもです……なんか力が抜けたと言うか……あんなに不安で怖かったのに……喪失感の方がすごいって……これってどういう意味なんだろう」

「知らないよ……でも……はぁ～っ」

真壁は大きな溜息《ためいき》を吐《つ》き、また連絡すると告げて電話を切った。これ以上話しても、延々と愚痴を繰り返すだけだ。

ノートパソコンを閉じて立ち上がり、それを抱えて自分のデスクに移動した。編集者のデスクまわりは凄《すさ》まじい。束《つか》見本やら色校やら、ゲラや念校やスケジュール帳、見本誌に資料、恵贈本、筆記用具に新聞、雑誌、ビニール袋にクラフトテープ、雑多なあれこれで溢《あふ》れ返っているのだが、真壁はほかにも足元に段ボール箱を置き、自分が関わった本のほか、緑の著作物すべてを保管している。緑の本だけ引っ張り出すと、真壁はそれを紙袋に詰め込んで部屋を出た。リモートワークや打ち合わせに利用できる社員用のカフェに行き、飲み物も頼まずに本を積み上げ、他社で刊行された作品を中心に読み始めた。自分が担当した作品は頭に入っているけれど、響鬼文佳やキサラギを読むことで、緑の思考を理解できると閃《ひらめ》いたからだ。

俺たちは新人作家と担当者として出会った。向こうが何を考えていたかは知らないが、そのときから純粋に面白い作品を世に出すことをやってきた。俺たちはいいコンビだったと思う。時間や報酬なんか関係なく、作品のために話し合い、成果を出した。緑と仕事をするのは面白かった。特にアカデミーがらみの仕事を始めてからは血が滾《たぎ》るようなワクワク感をもらった。あの時間がすべて嘘だったはずがない。小説が悪を暴き出すなんて、荒唐無稽すぎて却下するようなプロットを、俺たちは、俺とあんたと庵堂さんと蒲田くんは、真っ向から採用して、挑んできたんじゃないか。

ふざけんな。今さら俺を外すなら、最初から俺を選ぶべきじゃなかったんだよ。

『黄昏のマダム探偵』を開けば、そこにいるのは響鬼文佳だ。彼女の巻き毛、香水の香り、口紅と白いスーツ、辛口で饒舌《じょうぜつ》な口調と、あの微笑みを思い出す。『サイキック』を開けばキサラギがいて、人を食った口調と銀の髪、三白眼《さんぱくがん》が思い出される。大屋東四郎は言うに及ばず、あのジジイとはずっと二人三脚でシリーズの刊行を重ねてきたのだ。

「ああ、そうだった……クソ」

と、真壁は呟いた。イベント会場で読者から預かった作家への手紙やプレゼントが、部局のカウンターに積んだままだったのだ。その後のゴタゴタで渡しそびれたあれを、どうしたらいいのだろう。ファンレターひとつ縁に渡すことができないなんて。そんな自分に真壁はヘコむ。邪険にされたとは思わない。縁が本気でアカデミーに斬り込むと決めたこのときに、放り出されて悔しいだけだ。今となっては真壁の中にも怒りがある。同僚だった森山や、大切な書店員さんを殺されたんだぞ。ヤツらがそれを楽しみのためにやっているのは許せない。

考えていると、ポケットでスマホが震え始めた。プロフィール画面にあるのは『蒲田くん』の文字だ。

「もしもし？」

さっき話したばかりというのになんだろう？　思うそばから蒲田は言った。

「真壁さん？　考えてみたけど、やっぱり厭《いや》です」

「え、なにが？」

「雨宮先生ですよ。ぼくは先生に飯野深雪を救ってもらった。だから、諦めるのは厭なんです」

その言葉だけで充分だ。俺はこれを聞きたかったんだと、真壁は思った。

「うん。俺も厭だ。転がされっぱなしで放り出されてたまるもんか」

するると蒲田は微《かす》かに笑って、

「気が合いますね」

と、真壁に言った。縁の本に手を載せて、

「あ……そうか」

と、真壁も笑う。ハンターを狩るにはハンターになるしかないから、縁と庵堂は地下へ潜ってトラップを仕掛けるつもりだ。あの二人のことだから、綿密に罠《わな》を仕掛けて加代子と玲奈を守るハンターどもを狩っていき、母娘二人を裸に剝《む》いて、共食いさせるつもりでいるのだ。つまり、反撃の時は近いってことだ。

「蒲田くん。俺たちもさ、転がされっぱなしってことはないよなあ？　だからさ」

「何か考えがあるんですね？」

「うん。たった今閃いたんだ。先生がやっていたように、こっちも先生の思考をなぞっていけばいい。目的はわかっているわけだから、探し出すのはそんなに難しくないかもしれない」

「網を張るってことですか」

「そう……っていうか、罠を仕掛けて待ち構えるのさ」

「トラップ・ハントですね」

「それだよ。俺に考えがある」

問題はどうやってそれをするか、だが……。

真壁は『サイキック』と『黄昏のマダム探偵』を引き寄せて積み上げ、蒲田にはまた連絡すると告げると、立ち上がってコーヒーを頼みに行った。

# エピローグ

六月下旬。

歩道と車道の隙間に咲いた紫陽花《あじさい》に、通り雨の粒が光っている。誰かがわずかな土を見つけて鉢植えの苗を下ろしたらしく、花はその場所だけにひっそりと、けれど精一杯に咲いているのだ。紫陽花の脇をゆく人たちは、雨がせっかく埃《ほこり》を払った植物に目も留めず、建物が並ぶ通りを急ぐ。

折りたたみ傘の水滴を振り落としながら、真壁も同様に道を急いだ。時刻は午後七時に近いが、日が長くなったこともあり、周囲はまだ明るいのだった。

真壁は時間を確かめてから、通り沿いのドラッグストアに入ってトイレを借りた。用を足すためではなくて、社会人然とした自分の外見を少しだけ歪《ゆが》めるためだった。ついでにやっぱり用を足し、手洗い場の鏡に自分を映して頭髪を乱した。ネクタイもゆるめて斜めに結び、やり過ぎたと思って元に戻した。上着のポケットに手を入れてポケット地を引っ張り出すと、ハンカチと一緒に裏地がはみ出た感じが気に入ったのでそのままにする。

鏡に顔を近づけて、「イーっ」と歯を剝《む》き出してみた。しばらく百面相をしていたが、急に馬鹿馬鹿しくなってやめ、手を洗ってハンカチで拭き、片方のポケットは裏返したまま、ベルトにハンカチを挟《はさ》んでトイレを出た。

向かうは北品川《きたしながわ》駅近くの幹線道路沿いにある『いけはた病院』だ。左近万真はその病院の院長の娘と結婚したが、殺人報道が出たあとも、名称が『いけはた』である同病院にはさしたる障《さわ》りがなかったと聞く。左近はこちらでも精神科のカウンセラーとして診療に関わっていたが、さすがに今は医師名簿から抹消されて、アカデミーから新しい医師が来ているという。

病院はシンプルな造りのビルで、間口の狭《せま》い八階建てだ。通りと通りの間を塞《ふさ》ぐ形で建っているため建物の周囲を歩くことはできない。片方の通りに面して正面玄関があり、平行して伸びる別の通りに裏口がある。入口と裏口を間違えた場合は、通りをずっと歩き通して、交差点で別の通りに出て戻るという構造だ。この時間には正面玄関が閉じているから、真壁は裏口にある夜間通用門を目指していた。

今夜、この建物で行われるのはメンタルケアの初心者向けセミナーだ。参加希望者は病院のホームページにアクセスし、簡単な質問などに答えて申し込みをし、病院から招待されればグループセラピーに参加できる。複数回の挑戦で、真壁はようやくセミナーの参加権を手にした。会は月二回開催されて、真壁の参加は今夜が三回目となった。

病院の裏側は賃貸アパートやコンビニなどが並ぶ通りで、上階の庇《ひさし》が突き出た下が、リネン類の回収車や緊急車輛《しゃりょう》が駐《と》まる駐車場になっている。

真壁はセミナーの参加証を手に持って、夜間通用口へと進んだ。守衛室に備え付けられた専用機器に参加証をかざすと、ピッと音がしてゲートが開く。薄暗い廊下を進んでロビーまで行き、エレベーターを呼ぶ。

函《はこ》が下がってくるのを待つ間、真壁はこのセラピーに来るきっかけを思い出していた。

――解剖学の実習で、遺体の腸《ちょう》を使って縄跳びしていやがったのを、当時東大にいた両角って教授が見咎《みとが》めて単位を与えなかったからだと言うんだ。それで外科から心理学へ転向したって話なんだよ――

竹田から聞いた左近万真の学生時代のエピソードである。それ以降、左近は腸に異様な関心を寄せてきた。当時の教授が睨《にら》んだとおり、左近は遺体に向き合う姿勢に問題があったのだ。もしも教授がそれに気付かず、左近が外科医になっていたなら、もっと早く『事件にならない事件の被害者』が出ていたのではなかろうか。

同様に異常なエピソードを持つ人物が医師としてアカデミーに関係していた場合には、その人物がハンターだったり、ハンター製造機と考えてもいいのかもしれない。真壁には調査のルートがないが、かつて片桐寛医師や庵堂昌明博士の医療書籍出版に関わっていた編集者の志田《しだ》ならば、妙な噂《うわさ》を聞いたり知ったりしたかもしれない。

チン。と音がしてエレベーターが開く。中には病衣の女性と付き添いのスタッフが乗っていて、真壁と入れ替わりにロビーへ出て行った。函に入って四階を押す。

病院の四階にはグループセラピーや講演会用のホールがあり、今夜もそこを使うことになっているのだ。ドアが閉まる寸前にボランティアスタッフの女性が駆け込んで来て、真壁を見ると笑顔を作った。心に問題を抱えている設定なので、真壁は会釈したのち無言を通す。こういうとき『思い出す』という行為は都合がいい。真壁は自分の頭の中で、志田との会話を反芻《はんすう》していた。

――異常な噂やよくない噂ですか？　そりゃ、大学に出入りしていると色んなことがありましたけどねえ……多くは一般の人が聞いたら異常だろうと思うくらいで、先生方は普通に動物実験したり、警察官がホトケさんに手を合わせるのとはちょっと感覚が違うというか、次第に慣れていくものみたいですよ。どんなに偉い先生だって練習しないと人の体なんか開けないわけで、だから献体を使うわけでしょ？　その人に感謝はするとして、切ったり出したりすること自体を異常と言ってしまっちゃマズイですよね。昔の医学生なんかは人体の構造を知るために墓を暴《あば》きに行ったって知ってます？　傍目《はため》から見たら異常でも、大真面目《まじめ》にやってたことですよ――

それでも志田は『異常な話』を知っていた。

──まあ、こんなこと真壁さんに言っても釈迦《しやか》に説法ですけどね。そういえば、つい最近の……とはいっても私がリタイアした四、五年前のことですが、こんな話がありましたっけ──

病理解剖された男性の遺体が火葬場で荼毘《だび》に付されるときに、遺体焼却場のスタッフが異様なものを見てバーナーを止め、警察に通報したのだという。亡くなったのは四十代の男性だったが、警察が駆けつけて遺体を見ると、腹に赤ん坊が入っていた。

またチン、と音がしてドアが開き、真壁はボランティアスタッフのあとからホールへ向かった。ホールは手前が喫茶のコーナーで、奥に円形に並べた椅子《いす》がある。参加者はその椅子に掛けて他の参加者の話を聞いたり、答えたり、微笑《ほほえ》んだり手をつなぎあったりするのである。

志田によれば、その一件は事件にならずに終わったという。詳細はこうだ。

病理解剖された男性は、臓器が医療サンプルとして摘出されて腹の内部が空洞になっていた。だが遺族に遺体を返すのに空洞のままではマズかろうということで、解剖を担当した医師が廃棄予定だったホルマリン漬けの赤ん坊を腹に詰め、傷口を閉じて戻したというのだ。

それが異常な行為であると気付かぬ医師は、優秀で通っていたと志田は言う。真壁はその医師の名前を聞いて職歴を追いかけた。そして、

「真壁さん。いらっしゃい。今日も来てくれて嬉しいわ」

医師が現在この病院で、問題を抱える患者のコーディネーターをしていることを突き止めたのだ。女性で年齢は三十八歳。ここでは医師を名乗っておらず、医療スタッフとなっている。背が高く、平たい顔をして、真壁が知る限りいつもスラックスを穿《は》いて、髪は黒、肩の辺りまでのストレートを常に一つにまとめている。化粧気はないが、口紅だけが赤いのだ。

「こんばんは、篠田《しのだ》さん」

「こんばんは」

篠田麗《うらら》はそう言って、喫茶コーナーに真壁を誘う。ここでは仕事も役職も関係なく、互いを『さん付け』で呼び合うことになっている。会が始まる前に飲むお茶は、互いにコミュニケーションを測るツールだ。古株でもお茶を飲めない者もいるし、お茶を飲んでいるときはスムースに会話できるのに、グループセラピーが始まるとひと言も喋《しゃべ》れなくなる者もいる。年齢も性別も様々な参加者たちは、開催時間の五分前にはサークル状に並べた椅子にほとんどが座った。来るたび微妙に顔ぶれが違うのは、定期的な行動を苦手とする者がいるからだ。それでも真壁は三回目にして参加者のほとんどの顔を覚えた。

ボランティアスタッフがサークルの外側の椅子に掛け、篠田も自分の椅子に座った。するとサークルの中には一つだけ、空席があるとわかった。篠田はやや首を傾けて、

「今夜は新しい仲間を紹介するつもりだったけど」

と、言った。

「まだ来ていないの。来ないのかしら？」

サークルの外側にいるスタッフを見る。時間通りに物事が進行しないと不安になる参加者が、俯《うつむ》いて自分の爪《つめ》を噛《か》み出した。篠田はスタッフに顔を向け、

「見てきてくれる？」

と、訊いてから、全員を見渡して、

「時間通りに始めましょう」

と、にこやかに笑った。そのときエレベータードアが開く音がして、遅れた参加者がやって来た。三十前後の男だった。古着屋のワゴンに山積みされたようなパーカを着て、フードを襟《えり》のように立て、髪はボサボサ。無精《ぶしょう》ひげを生やしているが、体形は若々しく思われた。穿《は》いているズボンは縦横に裂け、覗《のぞ》いた膝に痣《あざ》がある。彼は背中でドアが閉まっても、まだその場所を動かなかった。

近くにいたスタッフに誘われ、不承不承という感じでホールのほうへやって来る。猫背で首が前方に突き出しており、数歩歩いては立ち止まる。ホールには二十人近くの参加者がいたが、誰一人音も立てずに奇妙な来訪者を見つめていた。ただ一人、明るい声で言ったのは篠田だ。

「ちょうどよかったわ、ちょうどよかった。今から始めるところだったの」

篠田は手元のカルテに目を落とし、

「石崎《いしざき》正《まさし》さんで間違いないわね？」

誰にともなくそう訊いた。男はボランティアスタッフの誘導で空席だった場所に掛けさせられた。真壁と対面の席である。腰掛けたからといって顔は上げない。だらしなく椅子に座って足を引き、リノリウムの床に視線を注ぐ。参加者たちの顔が靴《くつ》の場所にあるとでもいうように。

「今日から皆さんの仲間です。石崎さんよ」

篠田が彼を紹介すると、

「初めまして。石崎さん」

と、参加者たちは声を合わせた。学芸会で劇の練習をするように。

石崎は前髪の隙間からチラリと目だけを動かして、なぜか真壁の顔を見た。

「石崎さんも挨拶《あいさつ》を」

言われて彼は立ち上がり、聞こえるか聞こえないかの声で、

「石崎です」

名前を呟《つぶや》き、首だけ下げた。体を小刻みに動かしていて、立ったと思えばすぐ座る。それでもここでは彼を異様に思ったり、じっと見つめたりする者はない。それぞれが自分の

ことで手一杯なのだ。

会は進み、篠田の進行でそれぞれが自分の悩みを打ち明けていく。改善についてのテーマは一切なくて、とにかく気持ちを吐き出させるのだ。真壁自身は普段から気持ちを吐き出すことには慣れているので、順番が回ってきても大丈夫だと高《たか》を括《くく》っていたのだが、メンバーの喋り方を見ているうちに、喋れる人間はそれだけでストレスを軽減できているのだと知った。彼らはほとんど話ができない。特に多数の目が自分に向いている状態で、しかも自分自身について話すのはハードルが高いらしかった。それで真壁も口をつぐんで、三回目の今日はついに何か決定的な話をしようと考えていた。仕事のストレスなら山のようにある。それを小出しにしていけばいい。

寝ていると怖い夢を見るという、とある作家から聞いた話について考えていると、篠田は順番に関係なく、突然石崎を名指しした。

「石崎さんはどうですか？　何か怖いものがある？」

石崎はビクンと首をすくめて、前髪の間から篠田を睨《にら》んだ。

全員が答えを待っているのに、彼はなかなか答えない。重苦しい沈黙が流れるが、参加者たちはそうした時間に慣れている。他者がそれをどう感じるか、案じて調整するだけの気力もないのだ。長すぎる沈黙で居心地が悪いのは、おそらく真壁だけだろう。真壁は虚《うつ》ろな眼差《まなざ》しで新参者を眺めた。それでも彼はまだ語らない。爪を噛む癖のある参加者が身体《からだ》を前後に揺らし始めたころ、石崎はふいに「にたあ」と笑った。口元から変色した乱《らん》ぐい歯が覗き、小鼻の脇に皺《しわ》が寄る。彼は言った。

「こわいものは……植木鉢」

「どうして怖いの？」

と、篠田が訊いた。

「女の腕が生えるから」

サークルの外側にいた医療スタッフが凍り付いた顔をする。嫌悪感に歪んだ顔と言ってもいいが、彼らはすぐ真顔になって、何も聞こえていないふりをした。

真壁は石崎という男ではなく、それを聞いたときの篠田麗の顔を見ていた。篠田は眉一つ動かすことがなかったが、その瞬間の彼女の目は、女性参加者たちの肩や二の腕に走った。魑魅魍魎《ちみもうりょう》か百鬼夜行《ひやっきやこう》、いずれにしても、そうした者らの巣窟《そうくつ》に真壁は足を踏み入れたのだ。それは病でもなんでもなくて、加代子や玲奈のような者たちが真壁の知らない世界から背負ってきてしまった業《ごう》だ。それと戦うなんてできるのか？

あれからおおよそひと月足らず、声もメールも姿も見せなくなってしまった縁と庵堂を、痛みとともに思い出す。

グループセラピーが終わると、参加者たちは喫茶コーナーでお茶を飲み、お茶菓子をつまむことができるのだが、誰かを懐柔したり篠田に取り入ったりすることが目的ではないので、真壁はなるべくそそくさと病院を出て帰ることにしている。

「真壁さん。たまにはお茶をいかが？」

心身症で、ときおり心臓に痛みを感じるという老婦人が声をかけてきた。白髪で、品のいい顔をして、いつも長いスカートを穿いている。会の中ではこの老婦人にもっとも人間味を感じるが、今夜は仕事を残しているのだ。

「ありがとうございます。また今度」

当たり障《さわ》りなく頭を下げてエレベーターを呼んだ。

閉所恐怖症でエレベーターに乗れない人も、待つという行為ができないために階段を使う人もいる。真壁は同乗者が来るのを待ったが、今夜は高級な菓子が差し入れされたこともあり、お茶を断る人はいなかった。ドアが閉まる瞬間に見る光景は、問題を抱えている人たちの集まりとは思えない。ある人は微笑み、別の人たちは楽しげに会話して、老婦人は三本指にクッキーをつまみ、上品に味わっていた。

ドアが閉まり、函は一階へ降りていく。ロビーはすでに薄暗く、出口表示に従って通用口へと回り込み、守衛室で参加証をかざして外へ出た。

街はすでに夜の色。商業店舗の室内灯や看板の明かりが騒々しい。真壁は裏返ったポケットを元に戻すと、手で髪をなで付けて歩き始めた。仕事道具は駅のロッカーに入れてきた。ポケットにスマホと財布が入っていることを確かめて、建物がズラリと並ぶ通りを急ぐ。正面玄関側の通りのほうが駅に近いが、夜間は正面から出られないのだ。遥《はる》か向こうの信号機の手前に、そちらへ抜ける道が一本だけある。建物と建物の隙間のような道だけれども、抜けるとショートカットになる。行き交う人々と同様に歩いているとき、真壁は厭《いや》な気配を感じた。

竹田にもらった手鏡を出して、歩きながら背後の様子を探る。通りは明るく、人の流れは多く、怪しげな人物は見つからない。そりゃそうだ。俺ごときに簡単に見つかるような輩《やから》なら、逆にチョロいというものだ。自分自身にそう言って、真壁は歩く速度を上げた。

大股で歩いているうちに脇道を数歩通り越す。

しまったと思って引き返し、建物の隙間に入った途端《とたん》、誰かに腕を摑《つか》まれて路地の壁に押しつけられた。咄嗟《とっさ》のことで暗さに慣れず、相手の顔もよく見えない。真壁は思わず喉を押さえて、もう片方の手を振り回す。相手はそれを簡単に除《よ》け、グッと近づいて、怒りを含んだ声がした。

「一体なにを考えているんだ」

その声には聞き覚えがあった。少し冷静になって相手を見ると、古着屋のワゴンに山積みされたようなパーカを着て、フードで顔を隠した青年が目の前にいた。彼は石崎正と名乗っていた。清潔感のない服装に無精ひげ、笑った口には乱ぐい歯。セラピーの参加者という以外、記憶にはない男だが、真壁は答えた。

「それはこっちの台詞《せりふ》ですよ」

相手は深い溜息を吐《つ》いた。

抜け道の先は別の通りだ。小路は暗いが通りは明るい。真壁はそちらを透かし見て、背の高い男のシルエットを確認した。長身痩軀《そうく》で髪を伸ばして、アングラ劇団の役者のような風貌の男。頭にくる奴《やつ》らだけれど、今は叫びたいほど懐かしい。押しつけられた壁から離れて背筋を伸ばし、上着の裾《すそ》を引っ張ると、ついでに袖《そで》も伸ばして真壁は言った。

「作家雨宮縁を見出《みいだ》して、ここまで育てたのは俺ですよ。先生がどう思っているのか知りませんけど、そう簡単には逃がしませんよ。蒲田くんも同じ意見です」

すると相手はイヤイヤをするように頭《かぶり》を振った。真壁はさらに重ねて告げる。

「俺はね、最近座右《ざゆう》の銘《めい》を変えたんですよ」

「なに言ってるの、せっかくボクらは……アナタたちを守ろうとしたのに」

「黄金社の真壁を見くびってもらっちゃ困ります」

真壁は暗がりで胸を張る。

「先生たちが消えたとき、俺は編集者の魂が三分の一ほど減ったんですよ。それでこう決めたんです。この際だから、『毒を喰《く》らわば皿まで』を地でいってやろうじゃないかと」

雨宮縁は俯いて、クックと背中を震わせた。

怒っているのかと思ったら、声を殺して笑っているのであった。

「それってカッコいい言葉じゃなくて、『一旦罪を犯した者は、後戻りなんて考えないでとことん悪い道へ進め』って意味だよ」

真壁は思わず宙を仰いで、やっちまった、と自分に言った。

ビルの底のような小路からは細長い夜空しか見えなかったが、ケーブルが行き交うその空は、なぜだか明るく思えるのだった。

To be continued.

一〇〇字書評

トラップ・ハンター

切り取り線

**購買動機**（新聞、雑誌名を記入するか、あるいは○をつけてください）

□（　　　　　　　　　　　　　　　）の広告を見て
□（　　　　　　　　　　　　　　　）の書評を見て
□ 知人のすすめで　　　　□ タイトルに惹かれて
□ カバーが良かったから　□ 内容が面白そうだから
□ 好きな作家だから　　　□ 好きな分野の本だから

・最近、最も感銘を受けた作品名をお書き下さい

・あなたのお好きな作家名をお書き下さい

・その他、ご要望がありましたらお書き下さい

| | | | | | |
|---|---|---|---|---|---|
| 住所 | 〒 | | | | |
| 氏名 | | 職業 | | 年齢 | |
| Eメール | ※携帯には配信できません | 新刊情報等のメール配信を 希望する・しない | | | |

この本の感想を、編集部までお寄せいただけたらありがたく存じます。今後の企画の参考にさせていただきます。Eメールでも結構です。

いただいた「一〇〇字書評」は、新聞・雑誌等に紹介させていただくことがあります。その場合はお礼として特製図書カードを差し上げます。

前ページの原稿用紙に書評をお書きの上、切り取り、左記までお送り下さい。宛先の住所は不要です。

なお、ご記入いただいたお名前、ご住所等は、書評紹介の事前了解、謝礼のお届けのためだけに利用し、そのほかの目的のために利用することはありません。

〒一〇一－八七〇一
祥伝社文庫編集長　清水寿明
電話　〇三（三二六五）二〇八〇

祥伝社ホームページの「ブックレビュー」からも、書き込めます。
www.shodensha.co.jp/bookreview

祥伝社文庫

トラップ・ハンター　憑依《ひょうい》作家《さっか》 雨宮《あまみや》縁《えにし》

令和 5 年 4 月 20 日　初版第 1 刷発行

著　者　内藤《ないとう》　了《りょう》
発行者　辻　浩明
発行所　祥伝社《しょうでんしゃ》
東京都千代田区神田神保町 3-3
〒 101-8701
電話　03（3265）2081（販売部）
電話　03（3265）2080（編集部）
電話　03（3265）3622（業務部）
www.shodensha.co.jp

印刷所　堀内印刷
製本所　ナショナル製本
カバーフォーマットデザイン　芥 陽子

 ISBN978-4-396-34879-3 C0193

# 祥伝社文庫の好評既刊

安東能明
## 彷徨捜査　赤羽中央署生活安全課
赤羽に捨て置かれた四人の高齢者の身元を捜す疋田。お国訛りを手掛かりに、やがて現代日本の病巣へと辿りつく。

安東能明
## 聖域捜査
いじめ、ゴミ屋敷、認知症、偽札……理不尽な現代社会、警察内部の無益な対立を鋭く抉る珠玉の警察小説。

安東能明
## 境界捜査
薬物、悪質ペット業者、年金詐欺……。生活安全特捜隊の面々が、組織に挑み、地道な捜査で人の欲と打算を炙り出す！

安東能明
## 伏流捜査
脱法ドラッグの大掛かりな摘発が行われたが、売人は逃走しマスコミが騒ぎ出す。人間の闇を抉る迫真の警察小説。

大崎　梢
## 空色の小鳥
その少女は幸せの青い鳥なのか？　亡き兄の隠し子を密かに引き取り育てる男の、ある計画とは……。

大崎　梢
## ドアを開けたら
マンションで発見された独居老人の遺体が消えた！　中年男と高校生のコンビが真相に挑む心温まるミステリー。

# 祥伝社文庫　今月の新刊

**本城雅人**
## あかり野牧場

零細牧場から久々にGI級の素質馬が出た。牧場主、崖っぷちの騎手、功を焦る調教師……皆の想いを乗せて希望の灯りが駆け抜ける！

**内藤　了**
## トラップ・ハンター
憑《ひょう》依《い》作家　雨宮縁《あまみやえにし》

雨宮縁の同僚と縁ファンの書店員が殺害された。遺体の顔にはスマイルマークが。怒りが頂点に達した縁は自身を餌に罠を張るが――。

**五十嵐佳子**
## 女房は式神《しきがみ》遣い！　その3　踊る猫又
あらやま神社妖異録

音楽を聴くと踊りだす奇病に罹った化け猫と、人に恋をしてしまった猫又の運命はいかに!? 笑って泣ける、珠玉のあやかし短編集！

**小杉健治**
## 罪滅ぼし
風烈廻り与力・青柳剣一郎

付け火で燃え盛る家に、赤子を救うため飛び込んだ男が。危険を顧みず行動できた理由とは？ 剣一郎はある推測に苦悶する！

**宇江佐真理**
## おぅねぇすてぃ
新装版

文明開化に沸く明治五年、幼馴染みの男女の再会が運命を変えた。時代の荒波に翻弄された切ない恋の行方は？　著者初の明治ロマンス！